這段路，請陪著我走

利倚恩 著

資深生命教育工作者及老師 **陳穗**

要愛得及時

　　愛是什麼？如何去愛？無論是人和動物都有愛與被愛的渴求，因為動物的單純與直接，人也能直接地展現珍愛之情。然而，人思想的複雜和內斂反而令我們不容易表達感受，導致人與人之間的關係產生隔膜並造成遺憾。

　　這是一個關於愛的故事。故事講述真澄與同伴們對流浪貓的愛；真澄與弟弟勇生之間互相依伴的愛；真澄父母間逃避愛而令彼此和家人受傷。不同的關係呈現出愈單純便愈容易愛，愈複雜便愈難愛。然而，無論是哪一種關係都要愛得及時。

2024 年 5 月

目 錄

序章

我們打開了廢屋的門，一股複雜的氣味像猛獸般迎面撲來，我們戰戰兢兢地走入屋裏，乾涸的喉嚨發不出一點聲音。

「喂，高真澄，我們去探險吧！」

傍晚時分，比我小兩歲的弟弟勇生提議，我們一起前往市郊，穿過叢林，來到一間廢置的空屋。四周只有我們的腳步聲和鳥鳴聲，橘紅的廢屋隱隱透出危險的氣息。

這間廢屋是熱門的探險勝地，吸引許多年輕人來挑戰膽量，攝影愛好者也愛到這裏取景。只要在網絡輸入關鍵字，就會看到很多廢屋的照片。

夕陽穿過破裂的玻璃窗照進屋裏，塵埃在紅光中飛舞。天花板的光管搖搖欲墜，左邊有殘破的桌椅，右邊有倒塌的油桶和大鐵櫃，有人在牆上用噴漆繪畫意義不明的塗鴉，也有人用麥克筆簽名，寫下「到此一遊」。

在廢屋中央，有一張用鮮花鋪成的橢圓形彩色地毯，地毯上面躺着一隻灰貓。灰貓閉上眼睛，一動也不動，身上殘留着點點血跡。

灰貓不幸遇到意外嗎？還是被人殺害了？是誰在廢屋舉行葬禮？

過了不久，光線從廢屋中央徐徐退到窗外，室內變得一片昏暗。

一陣風從身後吹進來，點點血跡化成一隻隻紅蝴蝶，在空中拍翼飛舞。

一隻、兩隻、三隻⋯⋯蝴蝶在屋內盤旋，找不到離開的出口。

「勇生，我們回去吧！」

我伸出手，想拉着勇生走出廢屋，可是⋯⋯

勇生已經不在身邊了。

第一章

貓咪雷達

「喵喵喵、喵喵喵……」

牀頭的大頭貓鬧鐘分秒不差，準時在早上六時三十分唱歌，我拍一下貓頭，走音的歌聲隨着睡意消失在晨光之中。

我坐起來，用手指梳一梳長直髮。枕頭沾濕了，我摸摸濕潤的眼角，是淚水。或許，昨天看過虐貓的新聞報道，才會日有所思，夜有所夢吧。

我喜歡貓，但家裏沒有養貓。大頭貓鬧鐘的歌聲起初很好聽，用了一段時間後開始走音，歌聲變難聽了，我卻捨不得丟掉。

我和勇生在家附近讀小學，每天一起走路上學，途經巴士站時，勇生總是說：「好想坐巴士上學啊！」

勇生充滿好奇心，很想一個人去探險。對於小學生來說，一個人坐巴士去遠處，就是一場大冒險。

爸媽本來想我讀區內名校，自問學業成績不是太好，我選了要坐二十分鐘巴士的千里中學。兩年後，勇生入學，他的大冒險開始了。他的腳很長，走路很快，和他走在街上，我常常跟不上他。

「等等我啊！」

「慢吞吞，我不等你啦！」

追着勇生漸漸遠去的背影，只感到雙腳很累，不想再和

貓咪雷達

他一起上學。誰會想到有一天，他真的走得太快、走得太遠了呢！

中三開學一個月，功課多，測驗多，天天都睡不夠。

我打着呵欠走入校園，智奈從後拍了我的肩膀一下，精神奕奕地説：「喲！」

「呵……早……呵……」

「你昨晚沒睡覺嗎？」

「呵……睡了四小時。」

「和我差不多，習慣就好。」

「你是惡魔嗎？」

瑛傑拿着網球拍，神清氣爽地走過來，揚起下巴説：「從今天起，叫我網球王子。」

「他昨天贏了網球比賽。」宇翔在旁邊補充，亂糟糟的頭髮遮住額頭，好像從來不梳頭似的。

「説不定下一場就輸了。」智奈説。

「本王子心情好，饒恕你的無知。」瑛傑笑嘻嘻地用網球拍撥智奈的高馬尾，智奈和他隔開一米的距離。

宇翔邊走路邊寫字，我走到他身邊，看到他在紙條上寫着：

「希望世上所有貓咪都平安健康！」

千里中學的操場有一棵常綠樹，聖誕節時會用小燈泡裝飾，平時是許願樹，同學們會把寫了願望的紙條掛在樹上。

「你許願是因為昨天的虐貓案嗎？」我問。

「嗯，每次聽到虐待動物的新聞都很生氣，很想有預知能力，阻止兇案發生。」

「我昨晚也做了貓咪流血的夢。」

快要到達許願樹前，我們看到高大的阿岳和阿仁怒吼，一個矮小的男同學哭着跪在地上，課本和撕破的許願卡散落一地。

「又是『千里惡人谷』。」智奈端出厭惡的臉。

千里中學有三大惡人：阿岳、阿仁和阿谷，合稱「千里惡人谷」。雖然他們是中一生，但身材高大，惡形惡相，低年級同學都害怕他們。

「許願有用的話，我現在是大富翁了。」阿岳咆哮。

「噴！蠢人做蠢事。」阿仁踢開地上的課本。

根據在場同學的描述，男同學拿着許願卡去到許願樹前，不小心撞到阿仁，阿仁隨即怒氣衝天，推倒對方，撕破許願卡。阿岳更搶走他的書包，把所有課本倒出來。

訓導主任趕到現場，帶走阿岳和阿仁，其他同學或安慰受

害者，或幫他撿起地上的課本。

每隔幾天，類似的紛爭便會上演，三大惡人被老師嚴厲教訓後，會稍為收斂，可過不多久又故態復萌。

「咦？阿谷呢？他們總是三人行。」瑛傑問。

阿谷不在現場，我的太陽穴動了動，有不祥的預感。我向智奈確認：「今日是小惠當值嗎？」

「是啊，小惠那一組，全部都是低年級的女同學。」

我和智奈對望一眼，在一秒鐘內達成共識，拔腿就跑。

「你們去哪裏？」瑛傑問。

「貓小路，小惠有危險！」智奈邊跑邊喊。

阿谷曾經搶走同學的貓義工襟章，一直對貓義工懷恨在心。我們全速跑到二樓活動室外面的走廊，三個女同學握着掃把，正在和阿谷對峙，「娃娃頭」小惠驚慌地喊：「你不要過來啊！」

看到阿谷拿着鎅刀，瑛傑和智奈急忙擋在小惠前面，智奈說：「你敢動手，一定會後悔！」

阿谷掃視眾人一眼，發出「嘖」的一聲，掉頭離開走廊。

「你們有沒有受傷？」宇翔問。

「我們和貓咪都沒事。」小惠說。

我遙望阿谷遠去的背影，再回想剛才的情形，有種説不出的違和感，一時間卻想不起來。

今年六月的某一天，中二的我在巴士上打瞌睡，遲了兩個站下車。由於快要遲到，我繞道到內街，向着學校拼命奔跑。

內街沒有店舖，人和車都很少，一輛跑車突然在身邊高速飛馳，我當場嚇了一跳：「有必要開得這麼快嗎？」

跑車開走後，我看到一隻三色貓躺在馬路上，流了很多血，奄奄一息。我第一次目擊車禍，蹲在三色貓旁邊，不知道該怎樣做。

「救命啊！有沒有人幫幫忙？」我急得大叫，幾乎哭出來了。

一個穿着千里中學校服，綁高馬尾的女生跑過來，説：「我在街口聽到有人喊救命，是你嗎？」

「貓貓被車撞倒了，怎麼辦？」

「我們處理不了的，找老師吧！」

高馬尾女生從書包取出體育服，包着受傷的三色貓，趕快跑到學校。我後來才知道她叫智奈，和我一樣讀中二。

女輔導老師葉老師看到三色貓後，聯絡最近的幸運星動物醫院，並親自送牠去醫院。

幸好及時搶救，三色貓沒有生命危險，可是左腿骨折，康復後走路會一拐一拐。

傷殘的貓很難送養，我、智奈和葉老師都有各自原因，無法收養三色貓。校長知道這件事後，同意讓三色貓在學校生活。我們叫牠做「花 B」，是千里中學第一隻校貓。

一星期後，我和同班同學小惠外出吃午飯，在街上聽到虛弱的貓叫聲。

「你聽到貓叫嗎？」我問小惠。

「聽不到，只有人聲和車聲，花 B 在學校喔。」

「不是花 B 的叫聲。」

「不會有鬼吧？你不要嚇我！」

我循着貓叫聲在街上奔跑，貓叫聲越來越清晰，終於在路邊的垃圾桶裏找到一隻小黑貓。

「誰把牠丟在垃圾桶裏？太殘忍了！」小惠很生氣。

我伸手入垃圾桶，抱起又臭又髒的小黑貓，把牠帶回學校。葉老師幫小黑貓洗澡，帶牠看獸醫。我們叫牠做「炭治郎」，是千里中學第二隻校貓。

過了三天，我在上英文課時望出窗外，看到樹上有動物向上爬，爬到高處後靜止不動。麻雀？松鼠？我定睛一看，倉皇地彈起身喊：「樹上有貓！」

一隻瘦弱的黃貓困在樹上，無法爬下來。貓咪爬得太高了，工友爬梯也救不到，校長於是通知消防處，由消防員救牠下來。我們叫黃貓做「腩腩」，是千里中學第三隻校貓。

後來，我在上學途中或午飯時間，分別在路邊花槽、排水渠和垃圾房，撿到三隻受傷的流浪貓，後來全部成為校貓，取名小鬼、小旋風和奶油多，而我亦得了「貓咪雷達」的綽號。

六隻校貓各有獨立的大籠子，分兩層排在二樓活動室外面的走廊，叫做「貓小路」。校貓們白天留在籠子裏，放學後會移到活動室，讓牠們有更大的活動空間。

為了照顧六隻校貓，校長在學期結束前成立「千里貓義工團」，訂製貓義工襟章。葉老師擔任顧問，智奈做團長，我和小惠是組長，還有兩位中二男組長叫宇翔和瑛傑。五位組長帶領二十位義工，輪流當值照顧校貓。

整個夏天，我們享受着被貓咪包圍的快樂，尚未察覺到有個隱藏的危機，將會使我們陷入極大的衝擊之中。

第二章

有人偷偷跟蹤我

天空染上一抹橘紅，我獨自坐巴士回家，走在無人的街上，我忽然感到背部涼颼颼的，渾身發冷。我緩緩地回頭看，路上沒有人。

　　怎麼覺得好像有人盯着我？我心裏發寒，加快步伐，只想儘快回家。

　　「踏踏踏……」

　　後面有腳步聲，隨着我的步伐加速，腳步聲也越來越急。我很害怕，不敢再回頭望，只是不停地向前跑。

　　「喂，高真澄！」

　　熟悉的聲音煞停了我慌張的腳步。

　　勇生從左邊的小巷裏走出來，他穿着學校的運動服，看來也是剛回來。

　　「你慌慌張張的，偷了東西嗎？」

　　「我被人跟蹤啊！」

　　「哈哈！跟蹤你？我們不是有錢人，綁架拿不到贖金。難道是變態露體狂？」

　　「你不要嚇我！」我躲在勇生身後，低聲說：「你去看看。」

　　「你欠我一個人情。」勇生乘機敲詐。

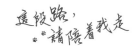

我跟在勇生後面,放輕腳步往回走,搜遍燈柱、路口、轉角處,都沒有可疑人物。

「我還想親手逮捕變態露體狂,真可惜!」勇生說。

「不可能的,我的直覺向來很準確。」

「這麼想被人跟蹤,你究竟有多自戀啊!回家吧,我快餓死了,我要吃蘋果蜂蜜咖哩飯,飯後甜點是脆皮朱古力雪條。」勇生一副饞嘴的模樣。

「家裏沒有雪條。」

「去買啊,你欠我一個人情。」勇生想了想,改口說:「不要說我以小欺大,我們賽跑,看誰最快去到便利店,你贏了,就不用請我吃雪條。」

勇生不等我回應便跑出去,我不想輸,也馬上起跑。

勇生充滿朝氣,他的學業成績一般,長相普通,高度中等,沒有任何突出的地方。儘管我們現在讀同一間中學,但是我們都想有私人空間,不會一起上學或放學。

他最喜歡踢足球,在小學有三個志同道合的同學,課餘時常常一起踢足球。他們也會到處逛,玩只有男生覺得有趣的遊戲。

賽跑結果,勇生率先到達便利店,他靠在落地玻璃窗前,得意地舉起勝利手勢。

我看到零用錢長出翅膀，飛到放雪條的冰箱上，我發誓以後都不會和他賽跑。

我們拿着雪條回家，正想走入住宅大堂，一股寒意從後面撲向我，我的腳僵住了，猛然回頭望，後面……一個人也沒有。

為甚麼總覺得有人在後面盯着我？這種被監視的感覺，以前不曾遇過。

我用現成咖喱塊，做了一鍋蘋果蜂蜜咖喱雞，足夠吃三天。勇生只會點菜，不會做菜，他對味道沒有特別要求，我對料理也沒有特別講究。

爸爸是美式餐廳「Four Sheep」的店長，需要輪班工作。遇上當夜班，他要凌晨時分才回家。媽媽在區內的麵包店當店員，同樣要輪班工作。

晚飯後，我和勇生坐在電視機前，一邊吃雪條，一邊玩賽車遊戲。電子遊戲之中，我只喜歡賽車，速度感可以令人忘記煩惱。

我贏了第一關，接着是叢林賽車，畫面充滿歷險電影的感覺。

「你還記得嗎？我們以前去過『四隻羊咩咩』探險。」勇生喜歡叫餐廳做「四隻羊咩咩」，代表我們一家四口。

「是嗎？甚麼時候？」

「你讀小學五年級時，你吵着要喝朱古力曲奇奶昔，我帶你去『四隻羊咩咩』。」

有些事情，不是記不起來，而是不想記起來。如果腦袋有刪除鍵，我想刪除小學五年級的記憶。

然而，兩個人經歷同一件事，未必有相同的感受。即使當下的感受一樣，隨着時間流逝，想法也可能有所改變。

「是你吵着要喝朱古力曲奇奶昔，哭得滿臉鼻涕，求我帶你去『四隻羊咩咩』找爸爸。」我說得比較誇張。

「我不可能求你的，你肯定記錯。」

「你當時只有八歲，從沒試過自己坐巴士，怎麼可能帶我去探險？完全不合邏輯。」

「這是個人能力的問題，跟年齡和邏輯沒關係。」

「你還是算了吧，八歲小孩的記憶根本不可靠。」

「啊！」勇生的眼睛亮了一下，放下控制器，牽起嘴角說：「喂，高真澄，我們去探險吧！」

「去哪裏？」

「沒去過的地方。」

「甚麼時候出發？」

「現在。」

「現在？」我大吃一驚。

「說做就做，就是現在！」

夜幕籠罩着整個城市，一羣飛蛾不停地撲向路燈，繞着燈光飛舞盤旋。

我跟着勇生走到屋苑後面的山坡，這裏有一條緩跑徑，每天都有人晨運和跑步。我不喜歡做運動，住在附近卻從沒來過。

沿着緩跑徑走了十分鐘，勇生指着山坡下面說：「我們從這裏下去。」

「下去？你開玩笑吧？」

「探險嘛，嘻嘻！」

山坡上種了很多樹木，全部枝葉茂盛，猶如一個小樹林。路燈昏暗，看不清楚山坡下面的狀況，陰森森怪可怕的。

「我以為是去公園或商場，沒想過做危險的事。」

「小心一些，就不會有危險。難道你做了虧心事怕鬼？」

「我才沒有做虧心事啊！」

勇生咧嘴笑了笑，率先跨過圍欄，向下走了兩步後，回頭

得意地揚起下巴。我不想被他看扁，也壯着膽子走下去。

四周很寧靜，只聽到鞋底踩到碎石的聲音。走了不久，我們來到山坡上的引水道，我稍微喘一口氣，聽到附近傳來微弱的叫聲：「喵……喵喵……」

「這裏有貓。」我說。

「在哪裏？」勇生聽不到貓叫聲。

我放輕腳步走向左邊，雲層漸漸散去，月光灑落在山坡上，我們在樹下的草堆中找到兩隻小黑白貓。

這個位置很隱蔽，相信是貓媽媽生下小貓後，把子女藏起來。現在，貓媽媽不在這裏，可能是出去找食物。

勇生想伸手摸小貓，我緊張地說：「不要摸牠們！」

「為甚麼？」

「貓媽媽回來後，發現小貓身上有人類的氣味，會認為藏身地點不安全，帶子女去其他地方，途中可能會遇到危險。萬一人類的氣味蓋過貓媽媽的氣味，貓媽媽可能認不出自己的子女而拋棄牠們。」

「太殘忍了！」

「貓就是這樣，還沒確定小貓有沒有媽媽之前，不要亂摸小貓。」

「聽起來很無奈呢！」勇生有點感傷，可轉頭又沒正經地

說：「我以為你在千里貓義工團只會吃喝玩樂，沒想到竟然知道那麼多。」

「整天吃喝玩樂的人是你才對！」

我們躲在遠處的大樹後，保持距離觀察可愛的小貓。牠們滾來滾去，無憂無慮地玩耍，我忍不住用手提電話拍了影片。

「不如明天帶貓罐頭過來。」勇生說。

「小貓現在只能喝奶。」

「貓罐頭是給貓媽媽的，附近有食物，牠就不用跑到遠處，有多些時間留在小貓身邊。」

勇生一臉笑意，語氣卻滲着淡淡愁思和祈盼。我聽得出話裏的意思，因為我也有相同的想法。

「我們明天再來吧！」我說。

「我明天要踢足球，你自己來，記住買好吃的貓罐頭。」

「你又想敲詐我。」

「你不會見死不救的，貓義工組長！」勇生賊笑着說。

咦？我是不是墮入騙局了？我很想反駁，卻想不出要反駁甚麼。

等了不久，黑白貓媽媽回來了，白色背上有一個黑色心形，既特別又漂亮。牠沒有發現我們，細心地為子女舔毛。

我們沿着來路往上爬，突然有強光射過來，我瞇起眼睛，用手臂遮擋光線。

「誰在下面？」一個男人在緩跑徑上大聲問。

他可能是屋苑的保安員，我大喊：「中學生。」

「你有沒有受傷？」

「我沒事，現在爬上來。」

我和勇生一步步爬上緩跑徑，保安員看到我們平安到達後才關掉電筒。

「你在下面做甚麼？」保安員問。

如果我說山坡有貓，他可能會通知動物機構把貓捉走，導致母子分離。

情急之下，我拿出手提電話説：「我不小心掉了下去。」再裝模作樣地按了按螢幕：「幸好沒有摔壞。」

保安員望着山坡下面問：「下面還有人嗎？」

「沒有，全部上來了。」

「全部？」

「是的。」

保安員用懷疑的眼神打量着我，接着問：「你叫甚麼名字？住在哪裏？」

保安員有權查問個人資料嗎？勇生向我打一下眼色，我理直氣壯地說：「私隱。」

「唉！現在的年輕人！」保安員拿我沒辦法：「天黑了，到處亂跑很危險，快回家！」

我們迅速離開緩跑徑，我心有不甘，問勇生：「那個保安員為甚麼只是盤問我？」

「還用問嗎？我天生一張乖巧臉，從頭到腳散發出好孩子的氣息。」

「你少來了！」

「有人妒忌我，哈哈哈！」

勇生拔腿就跑，我從後追上去，誓要比他先回到家裏。

拐彎時，我稍為回過頭，保安員仍然站在緩跑徑上盯着我。

他一直緊緊地盯着我！

第三章

貓小路的騷亂

午飯時間，我去快餐店買炸雞飯，回來後先在貓小路放下飯盒，再到洗手間洗手。

貓小路除了一整排貓籠，走廊盡頭還有儲物櫃和桌椅，貓義工們會在這裏開會，用紙皮自製貓抓板。

我走出洗手間的時候，一個男生也從旁邊的洗手間出來，和我撞個正着。

「好痛！」我叫了一聲，男生回頭望了我一眼，匆匆跑下樓梯。他是阿岳，左手前手臂綁着繃帶。我不滿地嘀咕：「又打架，撞到人連道歉都不說。」

阿岳撞到我時，我聞到似曾相識的氣味。我凝望着無人的樓梯，心裏漾起微妙的感覺。

回到貓小路，上層其中一個籠子打開了。走廊沒有人，我慌忙跑過去，腩腩不在籠子裏，我正想傳短訊通知其他組長時，聽到桌子下面響起沙啞的喵喵聲。

我彎腰一看，看到腩腩坐在桌子下面，我抱起牠說：「是誰打開貓籠的門？咦？你的嘴角黏着甚麼？」我聞了聞，望向桌子，我的飯盒打開了，少了一塊炸雞。

我幫腩腩擦嘴巴，嚴正地說：「人類的食物太多調味料，吃太多會生病啊！」

這時，智奈和小惠也來到貓小路，我向她們說出剛才發生的事。

「你真是正宗『為食貓』，不吃菜，不吃飯，只吃炸雞。」小惠把腩腩放回籠子裏。

「牠本來是流浪貓，在外面甚麼都吃，所以流浪貓比家貓短命。」智奈説。

瑛傑買了麵包回來，他高興地説：「老闆娘請我吃新出的迷你菠蘿包，有朱古力味和士多啤梨味。」

膠袋裏有五個迷你菠蘿包，瑛傑給我一個粉紅色的：「我記得你喜歡士多啤梨味。」

「我買了飯盒，不吃了。」

「可以做飯後甜品呀。」

小惠取過瑛傑手上的麵包，邊吃邊説：「真澄不喜歡吃麵包。」

「為甚麼？」瑛傑問。

我呆住一秒，隨即打開飯盒説：「我喜歡吃飯。」我低頭吃飯，避開瑛傑的視線。我不擅長説謊，面對不想回答的問題，只好迴避不説話。

「喵……喵……」貪吃的腩腩看到我們吃麵包，在籠子裏拚命地伸出手。

「這些麵包對你來説太甜了，我請你吃芝士粒粒。」瑛傑隨身攜帶貓零食。

「十隻黃貓九隻肥，還有一隻特別肥，你果然不負眾望。」小惠逗着腩腩的雙下巴説。

為免貓咪吃得太多，只有貓義工才可以餵食，並且要記錄時間和分量。

宇翔捧着一個大紙箱，從活動室走出來，瑛傑吃了一驚：「你為甚麼躲在活動室裏？玩捉迷藏嗎？」

「剛才有環保工作坊，用橙皮做酵素清潔劑，我負責收拾場地。」宇翔經過花B的籠子時，花B退到籠子後面，氣呼呼地對他哈氣。「我已經洗手了，還有橙皮的氣味嗎？花B公主，對不起！」

「花B沒有咬你抓你，算是對你很好了。」小惠説。

「你快些走開，等花B冷靜下來後，我們再安撫牠。」智奈説。

「我很無辜啊！」

我猛然想起昨晚去探險的事：「我在屋苑的山坡找到一家三口黑白貓……」

聽完我的敘述後，智奈認真地分析：「牠們住在引水道附近，下雨會有危險，最好先帶走貓母子，再找人領養。母貓的警覺性很高，宇翔，你是不是有誘捕籠？」

宇翔的家是中途寄養家庭，暫時照顧等待領養的貓咪。

「我媽借了給朋友，過幾天才能拿回來，我到時和你一起去救貓。」

「嗯，好的，我等你。」我說。

宇翔經過花B身邊，花B再次哈氣，看來真的非常討厭他。

智奈和小惠做手勢叫宇翔撤退，宇翔無奈地扁起嘴，捧着大紙箱離開貓小路。

吃飯後，我們拿出放在走廊盡頭的紙皮，準備自製貓抓板。我們都用撿回來的乾淨紙皮，節省不少開支。

「咦？紙皮變多了。」小惠說。

「是誰拿過來的嗎？」瑛傑問。

我檢查掛在牆上的「千里貓義工團用品登記簿」，最近三天都沒有人留下紙皮。

「反正是增加，不是減少，沒關係啦！」瑛傑說。

「這是原則問題，你的銀行戶口多了來歷不明的存款，也不會隨便拿去用吧！」智奈說。

「也沒有這麼嚴重。」

智奈望着走廊的課室說：「如果我們有固定的房間，就有地方存放物資。貓咪有更舒適的空間，也不怕被人胡亂打開貓籠。」

「可惜我們學校沒有空置的課室。」小惠説。

「唉！」大家一邊隔着籠子逗貓，一邊深深地歎氣。

斜陽淺照在客廳的地板上，餐桌上有四個麵包，是媽媽從工作的麵包店帶回來的。家裏安靜得只聽到鳥鳴聲，媽媽不在家裏。

麵包店離家不遠，媽媽下班後有足夠時間回家做晚飯，事實卻不是這樣。

每一次，當媽媽在家裏留下麵包，就表示她會通宵打麻將。假如明天放學後又有麵包，她就會後天才回家。有時候，我連續一星期見到麵包，一星期沒見過媽媽。

為甚麼要專程回來留下麵包呢？難道她認為這樣算是盡了母親的責任？還是她純粹回來洗澡更衣，麵包是用來贖罪嗎？

勇生喜歡吃飯，而且食量大，晚餐只吃麵包會很快肚子餓。記不起從何時開始，我常常上網看烹飪影片，學會自己做飯。

小時候，我會把麵包留作早餐，遲了起牀都不怕空着肚子上課。漸漸地，我不再吃這些贖罪麵包，就連普通麵包也吃不下。

我打開電視機，電視台正在播放妖怪動畫，我只想家裏有

聲音，不會坐下來專心觀看。過了不久，爸爸也回來了，他看到我穿着圍裙準備做飯，以疲累的聲音問：「媽媽又去打麻將嗎？」

「應該是吧。」

「死性不改！」

爸爸皺起眉頭，踏着大步走入浴室，用力地把門關上。

勇生從房間裏出來，在雪櫃取出一瓶冰水，直接咕嚕咕嚕地喝下去。

「你原來在家裏，為甚麼不出聲？」我問。

「我在房裏玩電子遊戲，不知道你回來了。」

「一放學便玩電子遊戲，功課做好了嗎？」

「晚上會做啦，真囉唆！」

勇生喝了冰水後，坐在梳化上看妖怪動畫，不時發出哈哈笑聲。爸爸洗澡後，到露台澆花，然後在勇生身旁坐下來，二話不說拿起搖控器轉台，專心地看新聞報道。

「喂，我還在看啊！」勇生高聲喊。

爸爸不理他，無視兒子的抗議。勇生不滿地發出「嘖」的一聲，悻悻然返回房間。

爸爸臉容繃緊，指着電視機大罵：「又撞車，不會開車就

不要害人！」爸爸看起來很煩躁，他是乘機發洩吧。

大家都似乎心情欠佳，我從雪櫃取出一盒免治牛肉，準備做芝士焗肉醬意粉。每個人心目中都有美食排行榜，我們一家口味不同，唯一出現在四人榜單上的，就是芝士焗肉醬意粉。

我不是溫柔體貼的人，沒想過要逗他們開心，我只是不想吵架，不想被罵，不想煩上加煩而已。

晚餐在安靜的環境下結束，爸爸收到朋友的短訊，更衣後便外出和朋友喝酒。

我和勇生不是小孩子，不需要爸媽時刻陪在身邊，反正他們在家裏，大家也是各自做自己的事。

儘管每當爸媽唸我這樣那樣，我會嫌他們囉唆，聽進耳裏的都是噪音，但到了夜闌人靜的時候，我還是希望他們留在家裏。總覺得只要爸媽在伸手可及的地方，就會令人感到安心。

「喂，高真澄，第三題怎樣做？」

勇生門也不敲，拿着數學作業走入我的房間，把我嚇了一跳。

我看了一下，不客氣地說：「這麼簡單的代數都不會做，你白癡啊！」

「你不會算錯才罵我吧。」

「哼！就給你看看我的真本領！」

我轉一轉原子筆，一口氣在草稿紙上寫算式，輕易算出答案，一個步驟都沒有出錯。

「完美！」我神氣地抬起下巴。

「真厲害！原來你腦袋的草也有不打結的時候。」

「你才是腦袋長草！」

「第四題怎樣做？」

「也是用第三題的解答方法，自己的功課自己做，你不要乘機要我幫你做功課。」

「你反正沒事做，我幫你訓練腦筋，你應該感謝我。」

「我沒事做就要幫你做功課，這是甚麼歪理？我很忙，你出去。」我用電腦上網，搜尋貓籠門鎖的資料。

「為甚麼要買門鎖？」

「今日有人擅自打開貓籠，放腩腩出來，我的炸雞被牠偷吃了。」

「你知道是誰做的嗎？」

「不知道，貓小路沒有閉路電視，也無法驗指紋。」

「其他貓咪呢？」

「只有腩腩走了出來，其他貓籠都沒有打開。」

「這樣做有甚麼目的？學校裏任何人都可以探貓，沒必要偷偷摸摸。」

阿岳在洗手間外面撞到我的畫面掠過眼底，我説出當時的情形：「阿岳神色慌張，十足做了虧心事，一定是他放腩腩出來，我要通知其他組長。」

「你只是猜測，沒有真憑實據，被人冤枉很可憐，我反而有另一個想法。」勇生摸着下巴説。

「説來聽聽。」

「明天中午，我們去貓小路，記住帶炸雞飯。」

「要炸雞飯做甚麼？」

「秘密武器。」勇生牽起左邊嘴角，賊笑着説。

下課鐘聲一響起，我便帶着炸雞飯跑去貓小路，勇生竟然比我早到，隔着籠子逗炭治郎。活動室沒有人上課，走廊也沒有其他同學。

勇生看到我後，指着桌子説：「你把炸雞飯放在這裏。」

「為甚麼？」

「案件重演。」

「阿岳會出現嗎？」我緊張地問。

「嘻嘻！我們變成偵探了，是不是很刺激呢？」

「阿岳隨身帶着鎅刀，很危險才對。」

我把炸雞飯放在桌子上，擺放位置和昨天一模一樣。勇生移開走廊盡頭的儲物櫃，蹲在櫃子後面説：「我們躲在這裏，用你的手提電話錄影。」

「為甚麼不用你的手提電話？」

「我忘了帶手提電話出來。」勇生調皮地笑。

我沒好氣地瞪了他一眼，打開手提電話的相機，準備隨時錄影。我屏住呼吸，盯着走廊另一頭，緊張得心跳加速。

過了一會，其中一個貓籠傳出「咔啦咔啦」的聲音，我定睛一看，在心裏喊：「不會吧？」隨即按下手提電話的錄影按鈕。

腩腩竟然自行打開上層貓籠的門，先跳到地上，再跳到桌子上，手口並用打開飯盒，偷走一塊炸雞，最後跳到桌子下面享用。

就在腩腩準備開餐的一刻，我一手捉住牠，沒收牠手上的炸雞塊，説：「這次終於『貓』贓並獲了。」

雖然義工們經常在貓小路吃飯，但是很少留下食物走開，誰也沒想到腩腩懂得自行開門。

我把腩腩放回籠子裏，關上門後，在儲物櫃找出一個 D 型扣環，扣在籠子的門上。

「這樣就可以嗎？」勇生問。

「這個扣環要用力按下去才能打開，牠一定開不到的。」

「結果你錯怪無辜的同學了。」

「誰叫阿岳的手臂綁繃帶，樣子凶神惡煞，行跡可疑，我始終認為他做過虧心事。」

「刻板印象真可怕！」

勇生巡視貓籠，指着灰貓籠子上的名牌問：「牠為甚麼叫小鬼？」

「牠很膽小，非常害怕巨大的聲音。瑛傑叫牠膽小鬼，後來簡化叫小鬼。」

「小旋風的額頭有個 M 字。」勇生指着深色虎紋貓説。

「牠玩得很瘋，跑得快，動作大，所以叫小旋風。牠旁邊的黃白貓，毛色像奶油多，就直接叫奶油多。雖然牠有一張大叔臉，但最愛撒嬌。」

我把儲物櫃移到原本的位置，不小心碰到直立在牆邊的紙皮，所有紙皮「啪」地掉在地上。

「你手腳不協調。」勇生取笑我。

「都怪你不幫手。」我撿起紙皮時，發現數量不對：「紙皮比昨天增多了。」

「你怎會知道？」

「昨天也是突然變多了，智奈在放學前特地寫下數量。」我打開用品登記簿，紙皮數量是五塊，現在有八塊。「牆上貼了告示，為甚麼留下物資不登記呢？」

「腩腩，這裏只有你會開門，是你做的嗎？」勇生沒正經地說。

我把所有紙皮直立靠在牆邊，赫然發現地上有不尋常的東西，心臟怦怦直跳。我顫聲問：「這是甚麼？」

第四章

誰是兇手？

勇生走到我身邊，當場變了臉色：「是血！」

「是顏料嗎？」我剛才抱過腩腩，肯定牠沒有受傷。

勇生用手指點一下地上的液體，聞了聞說：「真的是血。」

「每天放學前，我們都會收拾清潔，昨天肯定沒有血跡。」

「好恐怖！我去洗手。」勇生一溜煙跑掉。

過了不久，另外四位組長也來到貓小路，我給他們看地上的血跡。我們仔細地檢查所有貓咪，確定身體沒有傷口，嘴巴和爪子也沒有血跡。

「那是人血嗎？」智奈望着血跡問。

「阿谷之前想用鎅刀襲擊我們，一定是他在這裏欺負同學。」小惠說。

「我見到阿岳的手臂綁繃帶，一定是打架受傷流血。」瑛傑說。

「在貓小路打架會嚇倒貓咪，太過分了！」宇翔說。

我也見過阿岳的手臂綁繃帶，也不喜歡三大惡人。我想起勇生說過的話，脫口而出：「刻板印象真可怕！」我給大家看腩腩自行打開貓籠的影片，說：「我初時以為是阿岳擅自打開貓籠。」

大家沉思片刻後，智奈說：「沒有查清楚就判死刑，的確對『千里惡人谷』不公平。」

「這裏是公眾地方，所有同學都可以過來。」宇翔說。

「但同學通常只會探貓，貓義工才會去走廊盡頭。」小惠說。

「我們分頭行事，問貓義工和『千里惡人谷』，昨天放學後至午飯前在哪裏，看他們有沒有不在場證明。」智奈說。

「為甚麼不在羣組裏問？快很多喔。」小惠搖了搖手提電話。

「面對面問，可以觀察表情和反應，知道對方有沒有說謊。」

「哈哈！好像推理劇的兇殺案，我們變成偵探了。」瑛傑嬉皮笑臉地說。

「這個笑話不好笑！」智奈以凌厲的眼光射過去。

我和宇翔來到學校飯堂，繞了一圈看不到想要尋找的人。

宇翔問中一的男同學：「你們知道『千里惡人谷』在哪裏嗎？」

「他們向來不在學校吃飯。」

「我見過他們在文具店門口『夾公仔』。」

「他們不是搶『公仔』嗎？阿岳還會搶婆婆的紙皮。」

午飯時間已經過了一半，我和宇翔不等他們回來，爭取時間去文具店。

在文具店門外，有同學「夾公仔」和扭蛋，但看不到「千里惡人谷」。

「他們會不會在店裏？」我問。

「我們進去看看。」宇翔説。

我們走入文具店，店面只有零星顧客，宇翔輕輕地聳肩。臨走前，牆上的海報吸引着我的視線，我即時想到一件事，卻不敢確定。

「快要上課，我們回去吧。」宇翔説。

途經公園外面，我瞥見「千里惡人谷」在公園的長椅上玩電子遊戲。

「找到他們了。」我説。

我們戰戰兢兢地走過去，宇翔自我介紹後，問他們：「請問你們昨天放學後至午飯前在哪裏？」

「為甚麼要告訴你？」阿仁兇巴巴地説。

阿岳的手臂綁繃帶，阿仁的手掌貼了大塊膠布，他們會打我們嗎？我下意識地向後靠，很想返回學校。

「貓小路的地上有血跡，我們想知道是誰人的，到底發生了甚麼事。」宇翔保持鎮定，有禮貌地解釋。

「那些貓咪有沒有受傷？」阿谷緊張地問。

「全部沒事。」我說。

「噴！任何壞事都認為是我們做的，我們的額頭寫着兇手嗎？」阿岳很兇惡。

「我不是這個意思，我們還會問其他同學的。」宇翔說。

「問問問，你們煩不煩啊！」阿仁怒吼。

阿岳從長椅站起來，戳着宇翔的胸口說：「我們去過哪裏、做過甚麼，沒必要告訴你，你有本事就自己查出來。」

阿岳和阿仁撇一撇嘴，三人朝着商場走去。

「他們下午不上課嗎？」雖然沒有問出答案，但我已有完成任務的感覺。

這時，我們收到組長們的短訊，所有貓義工都有不在場證明。

貓小路的血跡到底是誰的呢？

智奈通知葉老師貓小路發生血案，葉老師到現場視察，拍了照片做紀錄。

「要不要用膠帶圍封案發現場？拿血跡去驗 DNA ？」瑛傑很積極。

「你看太多推理劇了。」小惠沒好氣地説。

「我已經拍照，可以清走血跡，我反而擔心誰人受了傷。」葉老師説。

「有人打架的話，走廊應該一片混亂，留下打鬥的痕跡，我們可能遺漏了甚麼線索。」智奈摸着自己的馬尾説。

我望着走廊盡頭，紙皮、貓砂、清潔用品等堆滿一地，不會阻塞走火通道，卻隱隱透出不安全的氣息。「走廊盡頭會不會放了太多雜物？」

「我們沒有專用房間，所有物資都要放在這裏，幸好沒有不見東西。」智奈説。

「還多了紙皮和一灘血。」宇翔説。

「我問過蓮姨姨，她説工友不會把紙皮放在這裏。」瑛傑和校工姨姨很熟稔。

「紙皮和血跡都是大謎團喔。」小惠説。

「如果我們有專用房間，貓咪就可以安定下來，也可以有地方存放物資。」智奈説。

「貓咪不用每天從籠子移到活動室，肯定更有歸屬感，更加安全。」宇翔説。

大家的目光轉移到葉老師身上，葉老師輕歎一聲：「其實

校長向校董會提議過在校園農莊旁邊建貓舍，但校董會覺得費用昂貴，否決了校長的提議。」

「原來是錢的問題。」小惠説。

「校董會不反對在校內養貓，實踐生命教育，就是不想花太多錢。」

在活動室裏，有工友關上中間的活動門，把課室一分為二後，開始排椅子，為下一節課堂做準備。

「裝修活動室應該比建新貓舍省錢吧。」智奈靈機一動。

「怎樣裝修？」小惠問。

「活動室有前門和後門，面積大約等於兩個課室。我們可以把活動門改成一道牆，分成兩個固定的房間，用靠近走廊盡頭的房間做貓舍，更換門窗，翻新油漆和地板。這樣做的話，應該不會花很多錢吧。」

「好啊！我贊成！」小惠率先舉手，大家都認為這是好主意。

「我有朋友是裝修師傅，我先問他裝修的預算，再向校長提議。」葉老師説。

我們重燃希望，寫下希望建貓舍的許願卡，掛在操場的許願樹上。

那些壓在心上的想法和感受，透過許願卡宣洩出來，我們不會幼稚得認為只要許願，就一定會願望成真。我們只想在寫下願望的過程中，得到一點點堅定的力量。

宇翔取回誘捕籠，我們約好放學後去屋苑的山坡，帶走黑白貓三母子。

我們來到引水道，兩隻小貓依然留在原來位置，但不見貓媽媽的蹤影。

「牠們已經開眼，至少有十至十四天大。貓毛乾淨，有媽媽照顧。」宇翔說。

「上次來的時候，貓媽媽也是不在，過了一會才回來。」我說。

「可能是找食物、喝水或上廁所，你上次在哪裏等？」

「那邊。」我指着遠處的大樹說。

宇翔在小貓附近擺放誘捕籠，在籠裏放食物後，和我一起躲在樹後。

「你以前救過初生小貓嗎？」宇翔低聲問。

「沒有。」

「去年，爸爸救了一隻懷孕的白貓，生了四隻小貓後，不

餵奶，不舔毛，不肯照顧小貓。」

「母貓生了小貓後，不是會產生強烈的母性嗎？」

「一般來説是這樣，但也有例外，不是每隻母貓都有做媽媽的自覺性。」

「四隻小貓很可憐。」

「白貓媽媽沒有生病，飲食正常，四隻小貓也很健康，身上沒有人類的氣味。我們都不知道牠為甚麼不願意照顧小貓，只好由我們把小貓帶大，斷奶後送養。」

「生了小孩才後悔，不理自己的孩子，有沒有想過孩子的感受？」我的聲音很輕，輕得察覺不到把心聲説出來了。

宇翔沒有回應，默默地盯着小貓們。很久以後，我才知道他當時的沉默，是最溫柔的陪伴。

等了又等，貓媽媽還是不出現。兩隻小貓肚子餓，一直喵喵叫。

天色漸漸暗下來，我們不適宜繼續留守。因為貓媽媽可能會回來，所以我們不敢隨便帶走小貓。

「這兩天不會下雨，沒有流浪狗，環境安全，我們明天再來吧。」宇翔收起食物，提起誘捕籠，臨走前拍照做紀錄。

第二天早上，我們提着誘捕籠回到山坡的引水道，仍然見不到貓媽媽。

宇翔打開手提電話的照片，比對現場狀況，他凝重地説：「看來貓媽媽一直沒有回來，小貓明顯比昨天虛弱。」

「牠們被貓媽媽遺棄了嗎？」

「流浪母貓棄養小貓有很多原因，小貓留在這裏只有等死。」

宇翔戴上手套，用毛巾包着兩隻小貓，温柔地説：「你們很乖，不用怕，我帶你們回家。」

貓媽媽失蹤了，牠去了哪裏？會想念自己的孩子嗎？

一星期後，上數學課期間，放在課桌抽屜裏的手提電話震動一下。我垂下頭看短訊，登時「哇」一聲叫出來。

「上課不准大叫！」老師不悦地瞪着我。

我向瑛傑搖了搖手提電話，他看到短訊後，倉皇地彈起來喊：「怎麼可能？」

「上課不准看手提電話！」老師怒目瞪着瑛傑。

下課鐘聲一響起，我和瑛傑便衝出課室，智奈、小惠和宇翔也同時出來。

「為甚麼會這樣？」小惠問。

「我們去問一問。」智奈説。

　　我們去教員室找葉老師，她説：「你們都看到我的短訊吧。」

　　「為甚麼不能把活動室改裝成貓舍？」宇翔問。

　　「校長剛才通知我，校董會認為貓咪現在的生活環境沒問題，沒必要改變，多一事不如少一事，就這樣否決了改裝貓舍的提案。」

　　「説到底他們就是不想在貓咪身上花錢。」智奈既生氣又無奈。

　　「畢竟很少中學收養流浪貓，沒有造成社會風氣，沒有太多人關注。」葉老師説。

　　「照顧弱小生命也要跟隨社會風氣嗎？」我十分不解。

　　「對某些大人來説，走得太前會感到不安，他們不想承擔任何風險。校長已經盡力了，只好暫時維持原狀。」

　　「膽小鬼！我長大後一定不要成為沒膽量的大人！」瑛傑不滿地撇嘴。

　　我帶着鬱悶的心情離開學校，在巴士站等了一會後，改變主意走路回家。

　　「為甚麼悶悶不樂？是誰激怒了你？」勇生不知何時來到我身邊。

　　「食古不化的校董。」

勇生跳到我面前，我差點撞上他。

「商場隔壁新開了貓咖啡店，我陪你去散心，你請我吃下午茶。」

「你又乘機敲詐我。」

我家和千里中學中間有一個大型商場，商場旁邊有很多特色店舖，我和同學都喜歡在那裏逛街。

貓咖啡店位於二樓，店主收養了十隻流浪貓，把店面劃分成兩部分——餐廳和貓舍。貓舍有一面落地玻璃窗，貓咪們輪流出來和客人互動，而所有客人入座前都要閱讀「愛貓守則」，確保客人知道怎樣和貓咪相處。

我隔着玻璃看貓咪，從亮澤的毛色和靈動的眼神，看得出店主非常用心照顧牠們。

我返回座位後，勇生指着餐牌說：「我要吃這個、這個和這個。」

「全部都是朱古力甜品，你不怕蛀牙嗎？」

「難得你請客嘛，嘻嘻！」

我向店員點了三個朱古力甜品和兩件士多啤梨蛋糕，放滿一桌子十分壯觀。

正在吃士多啤梨蛋糕時，一隻虎紋貓跳到我的大腿上，伸長脖子看桌上的甜品。

　　「你不能吃啊！」我摸着可愛的虎紋貓，一顆心都被融化了。

　　過了一會，虎紋貓跳到地上，繼續在店裏巡視。這時，我瞥見在牆角處，有一個幼稚園小男孩坐在地上，正在拉貓尾、拔貓毛。

　　「你不能拔貓毛啊！」我迅速跑到牆角，小男孩不理我，還想強行抱貓，貓咪不高興地叫，掙脫小男孩逃走。

　　「你為甚麼欺負我兒子？」一個女人走過來，她坐在窗前看影片，任由兒子跑到牆角玩。

　　「是你的兒子欺負貓咪，」我打開小男孩的拳頭，手上有一撮貓毛，「他剛才又拉貓尾，又拔貓毛。」

　　「他只是個孩子，拔少少貓毛不會死。」

　　「貓咪會痛啊！我可以隨便拔你兒子的頭髮嗎？」

　　店員聽到我們爭吵，過來了解狀況，並重申客人要善待貓咪。女人不甘心被訓斥，立即結帳，擦過我身邊時，掃視一眼我的桌子說：「多管閒事，大食妹！」

　　「哈哈哈！」勇生差點將口中的鬆餅噴出來。

　　「你真是沒禮貌！」

　　我化怒氣為食欲，大口大口把眼前的蛋糕放入嘴巴。

貓咖啡店附近有一間大型書店，店內附設精品店和展覽廳，背景音樂悅耳，是放鬆心情的好地方。

勇生吃完下午茶後，和朋友去踢足球。今天諸事不順，心情欠佳，我決定不直接回家，到書店閒逛。

新書推介的專櫃擺放了一本本精美的烹飪書，封面的美食照片令人垂涎欲滴。我隨手拿起一本甜品書，每款甜品都精緻漂亮，很想統統吃一遍。

看着看着，我的目光停留在朱古力曲奇奶昔的照片上，製作方法原來很簡單，我應該可以在家裏做出來，勇生一定很開心。

突然，背後有一股寒氣撲上來，我心頭一驚——有人在後面盯着我！

難道是上次的屋苑保安員？書店裏有很多人，就算對方心懷不軌，也無法對我下手。我不着痕跡地放下甜品書，猛然轉身向後望，眼角餘光瞥見有人閃躲到書架後面。我急忙追上去，書架後面竟然……沒有人！

我急步繞到左邊的走道，有一對情侶在看書，我繼續向左邊走，有一個店員在整理書本，「好可愛！」有小女孩在休憩區尖叫。我走遍書店裏每個區域，都看不到可疑人物。

我站在書店門外環視四周，街上人來人往，總覺得那雙監視的眼睛就在人羣之中。

在書店裏，匆匆一瞥的背影深深印在腦海裏，跟蹤狂穿着黑色運動鞋、深藍色牛仔褲和墨綠色連帽外套，帽子蓋着頭，看不出是男是女，只可以肯定不是身材高大的屋苑保安員。

這種穿搭隨處可見，那身形、那氣息，卻似曾相識—

我以前見過這個跟蹤狂。

第五章

過早知道的秘密

在我十歲的那一年，曾經和八歲的勇生去探險，闖入從沒踏足過的神秘領域。

那是一個炎熱的夏夜，媽媽去了打麻將，爸爸臨時要加班，三叔緊急受託來照顧我們。

三叔本來有約會，一直拿着手提電話傳短訊，並不斷催促我們去睡覺。晚上八時，三叔以為我們已經睡着了，把我們留在家裏，悄悄地出門。

聽到關門聲後，我和勇生同時張開眼睛，走出房間。餐桌上有麵包，雪櫃裏有雞蛋和牛奶，即使媽媽明天早上不回來，我們也不會餓着肚子去上學。

「喂，高真澄，我想喝朱古力曲奇奶昔。」

「家裏沒有奶昔。」

「我們去『四隻羊咩咩』找爸爸。」

「現在？」

「嗯。」勇生用力地點頭，雙眼閃出亮光。他在抽屜裏找出爸爸的名片，上面寫着美式餐廳「Four Sheep」的電話、地址和地圖。

「夜晚出門很危險，我們沒試過自己坐巴士。」

「探險家就是要有冒險精神啊！」

「探險？」

「爸爸見到我們，一定很高興，還會讚我們屬害呢！」

我也想被爸爸稱讚，而且去探險好像很好玩。我把名片和手提電話放在斜背袋裏，出門踏上探險的旅程。

勇生記得爸爸坐哪輛巴士上班，在哪個車站下車。明明是普通的巴士，平常的風景，在今夜卻格外有趣，彷彿跳進繪本的童話世界似的。下車後，我依照名片上的地圖走了五分鐘，終於來到「Four Sheep」。

餐廳裏座無虛席，店員進進出出，忙個不停。我和勇生從正門走入去，沒有店員理會我們。爸爸不在店面，我們於是進入廚房，廚師們忙着做菜，沒有人發現有不速之客。

「爸爸不在廚房，他在哪裏？」

我正想返回店面時，勇生指着旁邊的房間問：「那是甚麼地方？我想去看看。」他快步走入房間裏，我趕緊跟上去。

房門上的掛牌寫着「員工休息室」，房間裏沒有人，只有儲物櫃、桌子和椅子，桌子下面放了幾個紙箱。

「爸爸不在這裏，我們出去啦！」我正想離開時，忽然聽到門外有腳步聲，連忙拉着勇生躲在桌子下面，用紙箱做掩護。

我把食指放在脣上，叫勇生不要發出聲音，他覺得好玩，配合我搗住嘴巴。有人開門，然後關門，我看到四隻腳，鞋子很大，是兩個男人。

兩人坐下來，其中一人問：「剛才說到哪裏？」

「你說被女朋友迫婚，問我結婚好不好。」聽到爸爸的聲音，我和勇生的眼睛亮了一下，我們都不作聲，想知道爸爸怎樣回答。

「對對對，你為甚麼結婚？」

「我們是真心相愛的，交往了三年，想有一個家，於是便結婚了。」

「那麼婚後生活應該很開心啦！」

「兩個人的生活的確很開心，兩個子女出生之後，各種煩惱接踵而來，瑣事一大堆。老婆變得容易發脾氣，要求我下班便要回家，想和朋友去玩也不可以。」

「澄澄和勇勇都很可愛，你的手提電話壁紙都是孩子的照片。」

「如果被老婆發現我沒有放孩子的照片，就會罵我不愛他們，我不想整天吵架。」

「你不愛澄澄和勇勇嗎？」

「自己的孩子，沒有愛不愛，總不能不理他們。只是，有時候會想，如果沒有孩子就好了，活得自由自在。」

這時，有女店員開門說：「店長，有客人投訴，你可以出來一下嗎？」

「好的，我馬上來。」

爸爸和男同事一起離開休息室，門「砰」的一聲關上，室內一片寂靜。

「我們回家吧。」我低聲説。

勇生紅着眼睛，點一下頭，默不作聲。

我們趁着沒有人注意，悄悄地從廚房的後門溜出去。

我在路上的便利店買了朱古力甜筒給勇生，買了士多啤梨布甸給自己。我們坐在路邊的花槽前，每一口滑過舌頭的甜品，都滲着苦澀的味道。

我的胸口很痛，心臟好像快要撕裂似的，很想哭，卻流不出眼淚。

受傷，就是這麼一回事嗎？

悶熱的夏夜沒有一點風，雪糕快速融化，滴落在衣服上。我用紙巾幫勇生擦掉衣服上的雪糕，咖啡色的污漬卻怎樣也擦不掉。

雪糕融化後會滋生細菌，就算重新冷藏，也不能回復原狀。無論是人或物，一旦變質了，再也無法回到從前。

十歲的那一年，我隱約感覺到這個家有甚麼正在轉變之中。

大頭貓鬧鐘「喵喵」叫，我緩緩地張開眼睛，視線有點模糊。我坐起來揉眼睛，眼角濕了，枕頭也被淚水弄濕了。

　　昨天忘了帶數學工作紙回家，叫瑛傑拍照傳給我後，把答案寫在草稿紙上。今天，我比平日提早出門，打算在上課前把答案抄在工作紙上。

　　禍不單行，巴士在中途壞車，所有乘客必需下車。時間緊迫，我等不及坐下一班巴士，決定走路去學校。

　　走着走着，我看到一個婆婆推着載滿紙皮的手推車，蹣跚地走在馬路上。這樣很危險，我急步走上前，一個中學男生從行人路跑出去，幫婆婆推手推車。

　　「阿岳？」我不敢相信自己的眼睛，立刻拿出手提電話錄影。

　　阿岳把手推車推到行人路上，婆婆向他道謝，給了他幾塊紙皮。他笑着和婆婆揮手說再見，叮嚀婆婆路上小心，拿着紙皮前往學校的方向。

　　「他原來會笑。」

　　我尾隨着阿岳，跟蹤別人不好，但大家都是去學校，算不上跟蹤吧？我一邊跟着他，一邊傳影片給貓義工團的組長。

　　阿岳不是從正門進入學校，而是從停車場入口進去。時間太早，停車場沒有人。他走上樓梯，通過二樓走廊，直達貓小路的盡頭。

「阿仁和阿谷？」三大惡人齊集，他們想做甚麼？距離太遠，我聽不到他們説話。

這時，智奈等人也來到走廊，五個人躲在牆後，監視着「千里惡人谷」。

阿谷隔着籠子逗貓咪，為牠們拍照。阿岳放下新紙皮，搬開舊紙皮。阿仁指了指牆壁，從書包拿出一把鉗子。

「他想做甚麼？」小惠低聲問。

「難道他們想敲破牆壁？」瑛傑説。

「那是鉗子，不是鎚子。」智奈説。

「我要拍下他們的罪證。」瑛傑打開手提電話，可惜距離太遠，無法清楚對焦。他向我們做出用意不明的手勢，彎腰溜到貓籠後面，伸出手提電話拍攝。

小旋風發現瑛傑，高興地喵喵叫，激動地團團轉。

「噓！」瑛傑叫小旋風安靜，牠卻以為瑛傑和牠玩，牠的動作太大，不小心打翻籠子裏的砂盤。瑛傑一時失平衡，側身跌在地上。

「千里惡人谷」回頭一望，看到我們後愣在原地，不知如何是好。

事到如今，我們也沒必要躲藏，智奈走上前問：「你們在這裏做甚麼？」

三大惡人互相對望，阿仁抬起下巴，兇巴巴地說：「拔鐵勾。」

「甚麼？」我們完全摸不着頭腦。

「這裏⋯⋯有一個鐵勾⋯⋯」阿谷指着牆壁，吞吞吐吐地說。

我們圍上前去，牆上真的有一個很舊的鐵掛勾，前端很鋒利。因為我們長期在那裏直立擺放紙皮，所以沒有人留意到牆上有東西凸出來。

「你想用鉗子把鐵勾拔出來？」智奈終於理清頭緒。

「不可以嗎？」阿仁反問。

「不是可不可以的問題，而是為甚麼要這樣做？」宇翔問。

「嘖！真麻煩！」阿仁把鉗子丟在地上，雙手插袋想離開貓小路。

阿仁手掌的膠布留住我的視線，我把現今所有線索串連在一起，得出一個結論：「所有謎團都解開了。」

「你是金田一嗎？」瑛傑說。

我給阿岳看剛才在街上拍攝的影片，說：「最近，這裏經常多了來歷不明的紙皮，都是你放下來的。傳聞你會搶婆婆的紙皮，其實是婆婆答謝你的禮物。」

　　然後，我給阿谷看在文具店拍攝的鎅刀海報，說：「上次，你用照片上的鎅刀指着小惠，並不是要傷害她，而是想送給她。」

　　「送鎅刀給我？」小惠不明所以。

　　「海報上寫着這款鎅刀的設計適合割厚紙皮，你見過我們用紙皮做貓抓板，知道小惠的鎅刀很難用。你向小惠遞出鎅刀時，並沒有伸出刀片，大家卻以為你想襲擊人。」

　　然後，我走到走廊盡頭的牆前，對阿仁說：「你放紙皮時發現鐵勾的前端很鋒利，想徒手拔出來，不小心割傷手，血滴在地上。那時候，阿谷應該不在現場，所以當我們提起這裏有血跡時，不知情的他還擔心貓咪有沒有受傷。現在仔細地看，鐵勾前端還有少少血跡。你怕我們會被割傷，特地帶鉗子回來，我的推理正確嗎？」

　　三人默然點頭。

　　當發現三大惡人善良的一面後，我們都不怕他們了。

　　「你們為甚麼不解釋？」小惠問。

　　「我們會打架，會欺負同學，就算做了好事，也沒有人相信我們。」阿岳說。

　　「人人見到我們只會罵，我們說甚麼都是錯，沒甚麼要解釋的。」阿仁說。

「你們以後不打架，不欺負同學，就沒有人會誤會。你們想發洩的話，我們去打網球。」瑛傑笑嘻嘻地説。

　　「打網球？你不要小看我們！」阿岳向瑛傑怒吼。

　　「吵死了！你們一定要用這種態度説話嗎？」智奈厲聲斥責。

　　三人合上嘴巴，站直不敢亂動。

　　我們安靜地等着聽智奈的教訓，誰料智奈竟然問：「你們喜歡貓咪嗎？」

　　三人用力地點頭。

　　「你們沒有做壞事，就堂堂正正來探貓，不要惹人誤會。」

　　自此之後，「千里惡人谷」每天都來探貓。貓小路的同學見到他們出現，彷彿遇到妖怪似的，逃也似地走開。

　　現在只有我們五個組長會和他們聊天，有一次聊到貓咪很討厭柑橘類水果的氣味。阿岳説他之前不小心打翻鮮橙汁，弄濕了手。當他想摸花 B 時，花 B 生氣了，不斷對他哈氣。

　　回想起來，阿岳在洗手間外面撞到我時，我聞到就是淡淡的橙汁味。

　　是錯覺嗎？我覺得他們的戾氣逐漸消失，臉也變得溫和了。

厚厚的烏雲遮蔽天空，三十分鐘前開始下雨，天文台預測稍後雨勢較大。

「放學才下雨，我沒有帶雨傘。」我說。

「教練，我想打網球。」瑛傑說。

「我不是你的教練。」小惠說。

我們靠在走廊的矮牆前，仰天同聲歎氣。

既然暫時無法離開學校，我們只好去貓小路，今天輪到智奈和低年級同學當值。

到達二樓走廊，工友們正在打掃活動室，鎖上所有櫃門。等工友們清潔完畢後，貓義工們先把餐碗和砂盆移到活動室內，再讓貓咪入去。

一位女同學打開下層籠子，灰貓小鬼走出來，自己走去活動室。

「轟轟！」

突然一聲轟隆巨響，我抖了一下，被雷聲嚇倒。

「小鬼，不要跑！」女同學喊。

小鬼最怕巨大的聲音，牠沒有走入活動室，嚇得在走廊亂跑。我們慌忙追上去，小鬼無視我們的呼喚，極速奔下樓梯。

　　智奈從矮牆向下望，向有蓋操場的宇翔喊：「截住小鬼！」簡單四個字，宇翔馬上會意過來，取過工友的大毛巾，跑到樓梯口。

　　我們在樓梯遇到葉老師，智奈説：「小鬼走失了，快關校門！」

　　葉老師打電話去校門的保安室，我們繼續追小鬼。

　　「轟轟！」

　　再來震耳雷響，小鬼越過樓梯口的宇翔，在操場橫衝直撞，完全失去方向感。

　　保安員接到通知後，立即去關校門，可太多同學進出，無法一下子把門關上。

　　「轟轟！」

　　小鬼竄過同學腳邊，飛奔出校園，然後……

　　外面傳來刺耳的煞車聲，接着是一陣陣尖叫聲。

　　「小鬼……千萬不要……」我冒着大雨跑出去，一輛的士停在馬路中央，有同學掩面痛哭，也有同學跌坐在地上。

　　我踏着沉重的腳步從車尾走到車頭，看到小鬼躺在地上，滿身是血。

　　雨滴滴答答打在車頂上，為突如其來逝去的生命痛哭。

　　世界的聲音彷彿掉落深淵，只留下雨聲和哭聲在空氣中迴盪。

第六章

想要活得自由自在

小鬼火化後，骨灰安葬在校園的花圃，在操場的許願樹上，掛滿希望建貓舍的許願卡。

兩天後，校長在學校禮堂舉行追思會，同學自由參與，分享和小鬼相處的點滴，並在紀念冊上留言。

有人説貓咪離世後會回到貓星球，也有人説會去彩虹橋，那是天堂嗎？但願小鬼在另一個世界過得幸福，我們將來還可以再見面。

小鬼的離世震驚整個校園，但陷入愁雲慘霧之中的只有少數人。畢竟不是所有同學都接觸過小鬼，未必對牠有感情。

早上，我和組長們到貓小路，給五隻貓咪餵食。

「牠們又不肯吃飯，水也很少喝。」小惠很擔心。

「連腩腩也不吃飯。」我説。

「我覺得牠們瘦了。」瑛傑説。

「唯有抱着牠們，用湯匙餵牠們。」宇翔説。

我們每人抱　隻貓，或坐在椅子上，或坐在地上，一邊和牠們説話，一邊把湯匙放到嘴邊。

自從小鬼離世後，五隻校貓情緒低落，失去動力和食慾。

「你不吃飯，小鬼會不開心。」智奈對小旋風説。

「奶油多，吃一點點啦，身體會支持不住喔。」小惠紅着

眼睛，努力忍住淚水。

我們播放輕音樂，抱着貓咪，撫摸牠們，還把有我們氣味的衣服放在籠子裏，想盡辦法令牠們安心，舒緩憂傷的情緒。

「腩腩吃了一半貓糧。」瑛傑説。

「花B公主吃了三分一，牠本來就很挑食。」宇翔説。

「炭治郎只吃了兩口，牠和小鬼感情最好，最難過是牠。」我説。

「有進展就好，這個星期都由我們餵食，不要換人比較好。」智奈的提議正是大家的心聲。

這時，葉老師走過來，看到我們的表情，就知道發生甚麼事。

「現在可能不是適當的時候，我有一個好消息，你們想不想聽？」

「你説吧。」智奈説。

「校董會終於同意把活動室改裝成貓舍。」

我們「嗯」地點頭，反應出奇地平靜。

「也是呢，的確開心不起來呢！」葉老師説。

智奈搖了搖頭，説：「我很開心，只是不明白為甚麼發生了不幸的事，那些大人才願意採取行動。」

「對不起！」

「不是你的錯，你不用道歉。」

「長大不一定會變得勇敢，很多人只是長成大人的模樣，內心仍然是個膽小鬼。多做多錯，不做不錯，我有時也會用逃避來減輕負擔。」

「生命也是負擔嗎？」我問。

「你抱着的就是生命的重量，承擔還是放手，是你自己的選擇。」

我把炭治郎抱在懷裏，希望牠感受到我的愛，重新振作。

我不會放手，不會叫需要照顧的生命感到悲傷。

一星期後，五隻校貓的情況好轉，終於正常進食，變得更有精神。

活動室裝修期間，我們移走放在走廊的貓籠，會議室暫時關閉，讓貓咪們暫住。

一天放學後，我、智奈、小惠和兩名貓義工留在活動室，用紙皮製作貓抓板。

「阿谷推薦的鎅刀真好用！」小惠說。

「最近好像沒有聽到『千里惡人谷』打架的消息。」智奈

說。

「難道他們洗心革面？」

「其實他們也不是真的壞，我不想再這樣叫他們。」我說。

「他們關心貓咪，至少對動物好。我哥哥以前常常欺負我，家裏養貓後，他變成貓奴，才沒時間欺負我。但我家貓咪只親人，不親貓，我不可以再養第二隻貓。」智奈說。

「我也想養貓，可惜媽媽有過敏。真澄以前養過貓嗎？」小惠問。

「沒有。」

「烏龜、金魚、倉鼠之類呢？」

「沒有。」

「是不是爸媽反對？你有沒有爭取過？」

「我想不起來。」我答得含糊。

我不可能飼養寵物，處身於隨時會發生劇變的家庭，承擔不起小動物的生命。然而，家裏的事要怎樣說明呢？

小惠的手提電話響起提示聲，她看着螢幕說：「原來今天開始送大頭貓。」她把短訊轉寄給我和智奈。

商場附近新開的漢堡包店做促銷，買套餐送大頭貓毛絨公仔吊飾，包括五款普通版和一款限量版。

「全部都很可愛，很想要啊！」我最喜歡大頭貓。

「第一天肯定很多人，你過幾天才去吧。」智奈說。

「我不太喜歡大頭貓，有人送給我的話，我轉送給你。」

「謝謝小惠！」

看着手提電話裏的大頭貓毛絨公仔吊飾，我不停重複「好可愛」、「好想要」，最後決定自己一個去吃下午茶。

新開的漢堡包店在哪裏？我明明跟着地圖走，為甚麼找不到？難道我迷路了？

走着走着，一股寒氣在背部竄過，我不禁打了個寒噤。

又來了！

我停下腳步，回頭張望，街道上路人熙熙攘攘，一張張陌生的臉孔在眼前掠過。

上次在書店遇到的跟蹤狂穿黑色運動鞋、深藍色牛仔褲和墨綠色連帽外套，還用帽子蓋着頭。我特別注意有沒有相同打扮的人，是誰躲在暗角盯着我？究竟有甚麼目的？

啊，不對，跟蹤狂也會換衣服，我越想越不安，不自覺地捉緊背囊的肩帶。算了，今天不去漢堡包店，等智奈和小惠有時間才一起過來。

我向着大街急步走，只想儘快回家。

「嗷……」附近有貓咪發出驚恐的叫聲，聲音軟弱無力。

憑着「貓咪雷達」的直覺，我掉頭朝着一條狹窄的小巷跑過去。在堆滿垃圾的小巷裏，兩個小學男孩一邊丟石子，一邊罵：「垃圾貓！」一隻黑白貓側身躺在地上，身上流了很多血。

「喂，你們做甚麼？」我衝着兩個小學男孩喊。

「有人來了，快走！」他們跌跌撞撞，逃向小巷的另一頭。

「我認得你們，一定會去學校投訴！」我其實看不清楚他們的臉，只是生氣過頭，想嚇一嚇他們。

黑白貓受了重傷，望着我痛苦地呻吟，好像有重要的話想告訴我。我蹲下來，想救這隻貓咪，一雙手卻不停地顫抖，不敢觸碰牠的身體。

這時，一個黑影遮住小巷的光源，頭上有男生的聲音説：「真澄，發生甚麼事？」

我應聲回頭，黑色運動鞋、深藍色牛仔褲和墨綠色連帽外套，外套的帽子蓋着頭。我不禁大叫：「跟蹤狂！」

「你看清楚，是我。」男生揭開外套的帽子。

「宇翔？你為甚麼在這裏？」

「你忘了嗎？我住在附近，幫媽媽買雞蛋後，聽到你大聲罵人。」

我想起來了，宇翔住在書店旁邊的大廈，我盯着他手上的環保袋，他打開給我看，袋子裏有一盒雞蛋。

我説出剛才發生的事情，宇翔把環保袋交給我，脱下連帽外套，小心翼翼地包裹着受傷的黑白貓，他温柔地安撫貓咪：「沒事的，不用怕，我們不會傷害你。」

我趕快跑出小巷攔截的士，一起送黑白貓去幸運星動物醫院。

当初，花B在馬路被跑車撞倒，葉老師就是帶牠來幸運星動物醫院做手術。劉醫生是個年輕女獸醫，戴眼鏡、短頭髮，細心可靠，她後來更成為校貓們的御用獸醫。宇翔的家人也是帶中途寄養的貓咪來這裏，交給劉醫生檢查和治病。

黑白貓接受治療時，我和宇翔坐在等候區的長椅上，心裏不斷為貓咪祈禱，希望牠堅強地活下去。

直到劉醫生從手術室出來，向我們微笑點頭，我們才鬆了一口氣。黑白貓的右腳嚴重變形，康復後會有後遺症，幸好沒有致命傷。

「貓咪這兩天要留院，牠的小貓在哪裏？」劉醫生問我們。

「當時只有一隻貓，沒有小貓。」

「牠最近生了小貓，如果沒有人餵奶，小貓會餓死的。」

黑白貓⋯⋯小貓⋯⋯不會這麼巧合吧？我走入手術室，黑白貓仍然躺在治療桌上，白色背上有一個黑色心形。

「果然是牠。」

「你以前見過牠嗎？」宇翔問。

「牠就是住在山坡引水道的貓媽媽。」

「真巧啊！牠的兩隻小貓在我家裏，牠們都很健康。」宇翔對劉醫生説。

「這樣就好了。」

「牠的活動範圍應該在山坡附近，為甚麼來到市區？」我摸不着頭腦。

「牠可能出來找食物，右腳是較早之前受傷的，牠想回去也走不動。」劉醫生説。

「原來貓媽媽沒有遺棄牠的小貓，真的太好了！」我一時感觸，眼眶泛起淚光。

離開幸運星動物醫院，天空一片深藍色，街燈照亮道路，宇翔送我去巴士站，陪我等巴士。

「你為甚麼叫我做跟蹤狂？」宇翔問。

「有一天，我在書店遇到可疑人物⋯⋯」

我說出被人盯着的經過，宇翔想了想，認真地說：「你說的跟蹤狂應該是我。」

　　「你真的是跟蹤狂？」我驚訝得尖叫。

　　「噓！」宇翔的表情很尷尬，做手勢叫我不要大叫。等我冷靜下來後，他說：「我當天在書店看書時，藥房的貓店長走入書店散步，我幫手捉住牠，帶牠返回藥房。你也在書店嗎？我沒有見到你。」

　　「我記得當時有小女孩大叫好可愛，原來是見到貓店長。」

　　「嗯，真相大白，我是無辜的。」

　　「對不起！」我合起雙手道歉，可是煩惱仍然沒有消散，「但我真的感覺到有人在背後盯着我。」

　　「現在有人盯着你嗎？」宇翔四處張望。

　　「沒有，我背後沒有涼涼的感覺。」

　　「單憑感覺，沒有證據，也沒有被人騷擾，會不會是你想太多？你的貓咪雷達只可以感應貓，不能感應人。」

　　「可能是吧。」看着宇翔手上沾滿血跡的連帽外套，我說：「你的外套弄髒了，會被媽媽罵嗎？」

　　「不要緊，用衣物特效去污液，就可以輕鬆洗乾淨，不留痕跡，還有清新花香。」

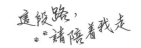

「你賣廣告嗎？」我「噗哧」一笑。

「真的很好用啊！」宇翔在手提電話找出衣物特效去污液的照片，傳送給我。

「我沒用過，明天買來試試看。」

我只會用普通洗衣粉洗衣服，不知道有衣物特效去污液。新污漬停留在衣物表面，容易洗乾淨，深入衣服纖維的舊污漬，也可以徹底清除嗎？

巴士到站，我向宇翔說聲「明天見」，便跟着排隊的乘客登車。我在下層窗前的位置坐下來，向宇翔揮揮手。

不過，宇翔垂下頭沉思，看不到我揮手。就在車門關上前一刻，他衝上前跳上巴士，坐在我身旁，微笑着說：「我送你回家。」

cececececece

「啪！」我按下電燈開關，隨即「哇」地一聲叫了出來。

媽媽坐在餐桌前，木無表情地看着我。我們多少天沒見面了？以這種方式「重逢」，我也不知道應不應該高興。

「這麼晚才回來？」媽媽平靜地問。

「嗯，發生了很多事。」我不打算解釋。

「吃飯了嗎？」

「嗯。」我其實還沒吃晚飯。

窒息的沉默在空氣中蔓延開來。

媽媽的表情不憂傷、不憤怒，也不見得開心。我很想知道她在想甚麼，可是我沒有勇氣問她。

我轉身走到廚房，從雪櫃取出一瓶檸檬綠茶，倒在杯子裏。我把杯子放在餐桌上，媽媽說：「謝謝！」她喝了一口綠茶，問：「上課怎麼樣？」

「還好。」

「有回條要簽名嗎？」

「沒有。」

「要買參考書嗎？」

「已經買了。」

接着，又是一陣沉默。

媽媽是不是想和我聊天？我不討厭和她說話，只是不知道應該說甚麼。

我不自覺地捉緊背囊的肩帶，說：「不要累壞身體。」我不等媽媽的回應，快步返回自己的房間。

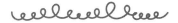

夜已深了，我終於做完功課，關掉電腦，伸個懶腰，去廚

房喝水。

爸爸睡在客廳的梳化牀上，發出輕微的打鼾聲。我躡手躡腳走入媽媽的房間，輕力打開衣櫃，取出一張薄被子，免得吵醒熟睡的媽媽。我折返客廳，把薄被子蓋在爸爸身上。

媽媽的房間曾經是夫婦二人的房間。有一天，爸爸把梳化換成梳化牀，買了五層收納櫃，在客廳築起自己的小天地。

十歲那年的夏夜探險，一直是我和勇生的秘密，沒有被人發現，也沒有告訴任何人。

「如果沒有孩子就好了，活得自由自在。」

年幼的我們承擔着相同的創傷，我們都想忘記爸爸的心底話，但我們越想忘記，偏偏越記得清楚。

兩個月後的某個假日，媽媽要上班，爸爸、勇生和我留在家裏。下午，爸爸在客廳看電視，我和勇生在房裏午睡。

在半夢半醒之間，我聽到爸媽的談話聲，自己一個走出房間。

「才下班回來，現在又要出去，丟下孩子去打麻將，你怎樣當媽媽的？」爸爸抱怨道。

「你可以和朋友去喝酒，我就不可以見自己的朋友嗎？」媽媽把四個麵包放在餐桌上，從雪櫃取出一瓶檸檬綠茶，咕嚕咕嚕地喝下去。她靠着廚房門，冷冷地說：「你放心，我不喝

酒，不欠債，不會連累你。」

「你知道我不是這個意思。」

「嘿！我怎會知道你想甚麼？我也是去年才知道你還沒玩夠，想過自由自在的生活。結婚十年後，我才知道你根本不想結婚，我足足做了十年傻瓜。」

「你又舊事重提，我只是隨口說說，你要介意到甚麼時候？」

「直到我離開世界的時候吧。」媽媽別過臉，眼裏滿是憂傷。

「算了，你想打麻將就打麻將，至少安排好時間，不能不理兩個孩子。」

「總之，我不管你，你不管我，這樣算是自由自在吧。」

「你又來了，我⋯⋯你⋯⋯」爸爸歎了一口氣：「為甚麼會變成這樣？」

回想起來，媽媽是去年開始打麻將，偶爾不回家過夜。爸爸想要的自由自在，傷透了身邊人。

媽媽拿起掛在椅子上的隨身袋，才看到我站在走廊。她當場愣住，用內疚的眼神望着我，她蹲下來抱了我一下，摸着我的臉頰說：「我在這裏無法呼吸，對不起！」

　　媽媽留下意義不明的話，逕自衝出門。她不是說「家裏」，
而是說「這裏」，我們不再是一家人嗎？

　　那時候，我無法認同媽媽的行為，也無法接受爸爸的想
法。時日遠去，當我漸漸長大，才體會到人正在呼吸時，有時
也會感到窒息。

　　無法呼吸，全因空氣裏缺少了活下去的力量。

第七章

回憶的碎片

由活動室改裝的「貓咪小窩」正式啟用。

原本的木門改成玻璃門，玄關擺放桌椅給當值義工使用，放在走廊盡頭的儲物櫃、清潔用具和物資移到室內，同學進來要先在玄關脫鞋。

入口位置張貼了使用守則和六隻校貓的照片，並寫上年齡、性格等資料。雖然小鬼已經回到貓星球，但牠永遠是我們的一分子。

「貓咪小窩」的牆壁漆上柔和的米黃色，牆上釘上多塊跳板，造成不規則的樓梯，增加了垂直空間。一半窗戶改裝成固定玻璃，並在玻璃上加裝吊牀，方便貓咪看風景。牆邊擺放了睡窩、砂盆、餐碗、抓板、玩具等日常用品。

五隻校貓重新回到活動室，有些害怕新環境，卻充滿好奇心。牠們自動分成兩組，結伴到處探索。

「牠們終於有固定居所了。」小惠感到很欣慰。

「現在有更大活動空間，相信牠們一定很開心。」宇翔說。

瑛傑大字型躺在房間中央，說：「好舒服，我也想住在這裏。」

「你要先變成貓，以後不能吃菠蘿包和漢堡包。」智奈說。

「那就變成半人半貓，雙贏！」瑛傑用雙手比勝利手勢。

「做貓也好，做人也好，只要有人疼愛就好。」小惠摸着奶油多説。

突然，我聽到外面有人吵架，回頭一看，阿岳、阿仁和阿谷在玻璃門前推推撞撞。

我和智奈開門出去，他們見到智奈，立即安靜、站直、雙手放在背後。

「你們做甚麼？」智奈問。

三人你看看我，我看看你，阿仁遞上一塊自製貓抓板説：「送給貓咪的入伙禮物。」

智奈接過貓抓板，滿意地説：「很穩固，比我們做得更好，謝謝！」

阿谷送上兩隻乾淨的小熊毛絨公仔，靦腆地説：「我妹妹有很多不玩的毛絨公仔。」

「很可愛，貓咪一定很喜歡。」我笑着説。

「我們……我們……」阿岳欲言又止，深呼吸後，以鏗鏘的聲音説：「我們已經兩星期沒有打架，沒有欺負同學，沒有喝橙汁，我們可以加入貓義工團嗎？」

「只是兩星期？」智奈雙手交疊胸前。

「我們發誓以後不打架、不欺負同學、不喝橙汁。」阿谷豎起三隻手指説。

在這一刻，我們都覺得這三人可愛極了！

「做貓義工不用戒橙汁。」宇翔從玻璃門探出頭來。

「你要教我們做貓抓板喔。」小惠笑着伸出頭。

「歡迎加入千里貓義工團！」瑛傑也伸出頭來。

「你搶了我的台詞啊！」智奈撅起嘴説。

我們顧着聊天，沒留意到有同學躲在轉角處，注視着我們的一舉一動。

一天中午，我、智奈和小惠在學校飯堂吃飯時，瑛傑和宇翔拿着麵包從外面回來，瑛傑興奮地説：「好消息！」

「麵包店老闆娘又請你吃麵包嗎？」智奈説。

「你怎會知道？」瑛傑把一袋麻糬波波放在桌上，繼續説：「老闆娘説斜坡下面的寵物用品店結業，有很多東西大減價。」

「太好了！我們可以買特價貓糧。」小惠説。

「聽説所有貓糧已經賣完了。」

「除了貓糧，我們還需要很重要的消耗品。」宇翔給提示。

「貓砂。」三個女生同聲説。

「如果要買貓砂，就要現在打電話留貨，還要在今天關門前取貨。」瑛傑給我們看貓砂的照片和價錢，正是我們常用的

品牌。貓砂很重，我們平時會在網上訂購，直接送來學校。

「太便宜了！我們要大量進貨，節省經費！」智奈雙眼放光。

放學後，我們向工友借了一輛手推車，一行五人前往寵物用品店，店面空蕩蕩的，貨架上只剩下少量玩具和日用品。

牆前堆起了十二包 10L 貓砂，男店主説：「最後十二包，半價，你們要多少包？」

「全部。」智奈答得爽快。

「好，成交。」男店主眉開眼笑。

手推車只能放八包貓砂，瑛傑負責推車，我們每人捧一包貓砂，慢慢地走上斜坡。烈日當空，每包貓砂約重六千克，我們汗流浹背，越走越慢。

「我們不如坐的士。」瑛傑喘着氣説。

「我們為了省錢才自己搬貓砂，不能功虧一簣。」智奈説。

「我來推。」宇翔和瑛傑交換位置，推了兩步便説：「好重！」

「上斜坡很累喔。」小惠説。

「你拿着。」我把貓砂交給瑛傑，和宇翔一起推手推車。

「你原來很大力，看不出來呢！」

「不要和我説話。」我集中精神，運用全身氣力推車。

宇翔笑了笑，説：「我數三聲，一起推上去，三、二、一！」

我們望着斜坡頂，一同發力，一口氣把手推車推上去，超越路上的同伴。

「等等喔。」小惠喊。

看到我們忽然加速，捧着貓砂的三人也不甘示弱，一起發力往上跑。

手推車到達斜坡頂的一刻，我和宇翔同時轉身，舉起手臂喊：「第一名！」

「第二名。」瑛傑把兩包貓砂放在地上，嬉笑着説：「第三名和第四名爭持激烈，到底誰勝誰負？」

宇翔配合瑛傑，兩人分別站在斜坡頂兩邊，拉出隱形衝刺帶，大喊：「加油！加油！」

結果，智奈和小惠同步衝刺，小惠癱軟在路邊的長椅上，擦着汗説：「我走不動了。」

馬路對面有一間便利店，宇翔問：「吃雪條嗎？」。

「我要吃！」全體組長一起舉手

「我陪你買雪條。」瑛傑説。

「你只是想吹冷氣，我也去。」智奈看穿瑛傑的想法。

「我和小惠留下來看管貓砂。」我説。

秋天錯過了季節變換的列車，遲遲未能和夏天接班。天氣太熱，熱得人頭昏腦脹。

透過便利店的落地玻璃窗，可以看到智奈和宇翔愉快地挑雪條，瑛傑幾乎把頭塞入冰箱裏。

五分鐘後，智奈帶着三支雪條回來，兩個男生則站在便利店裏吃雪條。

「他們似乎不想出來。」我吃着士多啤梨雪條説。

「他們説要吃兩支雪條，吃完才回來。」智奈説。

瑛傑和宇翔在玻璃窗前揮手，我們向他們做鬼臉。

「你最近和宇翔變得很熟嘛。」小惠靠近我，煞有介事地説。

「還不是和平時一樣。」

「我聽到小道消息，你和宇翔送受傷的貓媽媽去醫院後，兩個人一起回家。」

「真的嗎？」智奈很驚訝。

「當時天黑了，他只是送我回家，看着我進入大堂便走了。」

「你覺得宇翔怎樣？喜歡他嗎？」小惠問。

「我們只是同學、貓義工，聊天內容都是貓，你不要胡思亂想。」我耍着手解釋。

「但我覺得他特別在意你的事，他肯定是喜歡你的。」小惠說。

「說起來他好像對你特別好。」智奈應和。

「你記住，平時不修邊幅的男生，忽然注意儀容，就是戀愛了。」小惠笑呵呵地說。

宇翔喜歡我？不會吧？我喜歡他嗎？不不不，我對他沒有特別想法，真的沒想過戀愛的事情啊！

烈日下的士多啤梨雪條特別美味，心裏知道要在融化前吃掉，卻捨不得吃得太快。

「我記得小時候想吃可樂雪條，把一罐可樂放在冰箱裏，沒想到罐子爆開，整個冰箱都是可樂，被媽媽罵得很慘，罰我一個月不准喝可樂。」小惠轉換了話題。

「你真是沒常識！」智奈不客氣地說。

「我會想辦法自製雪條，真是又聰明又可愛！」

「我現在才知道你是自戀狂。」

「你沒試過為了吃做蠢事嗎？」

智奈想了想，認真地說：「小學六年級，我會把益力多倒在冰模裏，自製益力多冰塊，做功課時含在嘴裏。」

「這不是蠢事，我四歲已經會自製果汁冰塊，你的童年是怎麼過的？」小惠用難以置信的眼神望着智奈。

「上補習班，做補充練習，很努力讀書。」

智奈很想分享童年趣事，可惜沒有特別難忘的經歷。

「嗯嗯，我明白了。」小惠拍拍智奈的肩，點着頭說：「你讀書成績好，我成績不好，結果我們做了同班同學呢！」

智奈斜眼瞪着小惠，想不出反駁的話，小惠得意地笑，我也忍不住笑了出來。

「真澄，你小時候做過甚麼蠢事？」小惠問。

「嗯⋯⋯我想不起來⋯⋯」

「你想起來的話，一定要告訴我們喔。」

「嗯。」

最後一口雪條在口中融化，嘴裏留着士多啤梨的甜味，滲着回憶的味道把我的思緒帶到兩年前，勇生當時還是小五學生。

視藝科老師響應學校的環保月，要我們用廢棄紙盒製作房屋模型。我毫無藝術天分，繪畫還可以敷衍了事，製作模型可要難倒我了。

星期日早上，我把一堆廢棄紙盒放在餐桌上，折騰了大半天，才做出一所類似房屋的物體。

「就這樣交給老師，她會不會叫我重做呢？」

勇生吃着脆皮朱古力雪條走過來，看到我的「傑作」，哈哈地笑：「你要蓋危樓嗎？」

「這是後現代建築美學，你懂甚麼？」我回嘴。

「你一定不合格，死定了！」勇生賊笑一下，説：「如果你買新運動鞋給我，我就幫你做個可以拿一百分的模型。」

「你休想敲詐我。」

「機會只有一次，你不要後悔啊！」勇生越靠越近。

「你走開！」我推開勇生，他撞到桌子，壓倒我的屋子，雪條掉在壓扁的模型上。

「哇！高勇生，看你做的好事！」

「雪條死得很慘啊！高真澄，還我雪條！」

「都是你不好，又吵又麻煩，我不想要你這個弟弟！」

「你又笨又醜，我也不想要你這個姊姊！」

「我不想再見到你，走開呀！」

我朝勇生扔紙盒，他扔膠紙還擊。我們先吵嘴，再扔東西，繼而打架，直至鄰居投訴我們太吵，打架才告結束。

勇生氣沖沖地返回房間，鎖上房門，連晚飯都不吃。我重新製作房屋模型，竟然比之前做得好看，至少不像危樓了。

每次和勇生吵架，都是等我冷靜下來後，才後悔自己太衝動，不應該對他發脾氣。我已經升上中學了，還跟小學生計較甚麼。

爸媽不理我們，我再生氣，也不應該説不想要他這個弟弟。為甚麼在吵架時，總是會不顧後果，説出傷人的話呢？

翌日早上，我們分開出門上學，沒有説過一句話，他還在生氣嗎？放學後，我在便利店買了一支脆皮朱古力雪條。

勇生下午有足球隊練習，回家後如常嚷着肚子餓，如常把書包亂丟，如常坐在梳化上看動畫，看到有趣的劇情會哈哈大笑。

「冰箱裏有脆皮朱古力雪條。」我説。

「哇哈！我最喜歡朱古力！」勇生在冰箱取雪條，返回梳化上看動畫。

昨天才打架，現在一切如常，是不是不正常？我完全猜不透這個弟弟的想法。

「你不生氣了嗎？」我忍不住問。

「生甚麼氣？」

「昨天，我説了過分的話……」

「你説過甚麼？」

天啊！這個人患上失憶症！

勇生的笑容不是偽裝的，他真的沒有把昨天的事放在心上。

　　這樣算是和好吧，我嘴角上揚，放下了名為「內疚」的大石。

　　「喂，高真澄，明天也買雪條給我。」

　　「天天吃雪條，小心胖到跑不動，被教練趕出足球隊。」

　　「最毒婦人心！你一世沒有男朋友！」

　　為甚麼會想起這些無聊事呢？為甚麼心裏有一股暖意流過呢？

　　也許，生活中微不足道的瑣事，才是成長中的重要回憶。那些遺忘了的記憶碎片，怎樣才能撿回來？

　　今晚躺在牀上後，可不可以給我一個夢，在夢裏再次經歷哭哭笑笑的瞬間。

第八章

通往內心的閘門

午飯時間，我、智奈和小惠正在清理貓砂盆時，瑛傑衝入貓咪小窩大喊：「好消息！」

「噓！」智奈瞪着瑛傑，他調皮地吐舌頭。

「又要搬貓砂嗎？」我問。

「我剛剛收到媽媽的短訊，有人想領養兩隻小黑白貓，兩姊弟可以一起生活。」宇翔接着進來。

「太好了！」我高興得叫出來。

「噓！」智奈瞪着我。

「對不起！」

「貓媽媽呢？」小惠問。

宇翔輕輕搖頭，說：「很多人知道貓媽媽右腳變形，走路有困難都打退堂鼓。」

「從來都是小貓比較受歡迎，很少人願意領養年紀大、傷殘或生病的貓。」智奈說。

「但大貓性格穩定，比小貓更容易照顧喔。」小惠說。

「我也知道很多人不喜歡養黑貓，因為拍照不好看。」我說。

黑貓炭治郎「喵喵」叫抗議，好像在說拍照不好看是你的攝影技術不好。

「兩隻小黑白貓現在怎樣？」小惠問宇翔。

「牠們很健康、很活潑。」

宇翔打開手提電話相簿，給我們看小貓的近照和影片。

「好可愛！」

我們被傻氣的小貓融化了，眼睛頓時變成兩顆愛心。

「小貓很快長大，長大後越來越胖，或者變成大叔臉。」我說。

奶油多叫了一聲，氣呼呼地瞪着我。

「我不是說你，大叔臉也很可愛。」我轉過臉偷笑。

「我們可不可以去你家看小貓？」小惠問宇翔。

「去我家？」宇翔為之愕然。

「不可以嗎？」

「當然可以，領養人有時也會來看貓，只是沒想過你們會來。」

「我們都沒去過對方的家，不如由宇翔開始，我們輪流家訪。」瑛傑來了興頭。

「贊成！」小惠率先舉手，智奈和宇翔也不反對。

我低頭整理睡窩，沒有表達意見，幸好他們沒有再追問。

我不想任何人來我家，不想向人提及爸媽的事，也不想為了掩飾而説謊。

 celleelleee

　　星期六中午，我們約好在書店集合。宇翔的爸媽得知我們到訪，準備了零食和飲料。為免打擾我們，兩人外出逛街，晚上才回來。

　　五年前，宇翔媽媽撿了一隻被遺棄的小貓回家，一家人和貓咪相處融洽。他們不忍心貓咪捱餓受凍，在兩個月內撿了四隻流浪貓，過着三人四貓的生活。

　　他們透過社交網站，認識了社區動物義工，成為中途寄養家庭，照顧等候領養的貓咪。四隻家貓各有性格，但全部都不怕陌生人和外來貓。

　　「哇！你的家很整齊、很乾淨啊！」瑛傑説。

　　「你很乖喔！」一隻虎紋貓主動蹭小惠的小腿。

　　兩隻小黑白貓住在籠子裏，暫時取名心心和點點，牠們太可愛了，手提電話的快門按個不停。

　　黑白貓媽媽仍在養傷，牠安靜地躺着，閉上眼睛休息。等貓媽媽康復後，宇翔爸媽會帶牠去動物醫院做絕育手術。

　　「分開那麼久，牠們還認得對方嗎？」我問。

「牠們現在只能隔着籠子見面，沒有身體接觸，很難判斷呢！」宇翔説。

「如果找不到領養人，貓媽媽怎麼辦？」智奈問。

「媽媽説和貓媽媽很合得來，打算讓牠留在家裏。」宇翔説。

「因為大家都是媽媽嗎？」

「可能是吧。」

「心心背部有一個黑心，和媽媽一樣；點點背部有三個黑點，會不會和爸爸一樣呢？」小惠問。

「如果真的是這樣，遺傳基因太厲害了！」瑛傑説。

午後陽光灑在窗前，貓咪們紛紛躺在地上曬太陽。

我們收拾貓玩具時，智奈搖着老鼠毛絨公仔説：「老鼠頭快掉下來了。」

「這個也很殘舊喔。」小惠摸着小雞毛絨公仔説。

「牠們很喜歡老鼠和小雞，我拿去洗也會被牠們罵，誰也不敢丟掉。」宇翔説。

我記得家裏有兩個小雞毛絨公仔，捨不得丟掉，一直放在儲物箱裏。玩具放着沒人玩很可憐，送給貓咪的話，可能會得到牠們的疼愛。

「我有兩個小雞毛絨公仔，貓咪可能會喜歡，你要不要？」我説。

「好啊，謝謝！」宇翔説。

「牠們不喜歡的話，可以送去貓咪小窩，節省經費。」智奈滿腦子省錢方法。

小惠交替望着我和宇翔，露出曖昧的笑容，她在笑甚麼？我轉念一想，當場會意過來，用眼神警告她：不要胡思亂想！

「你平時除了和貓玩，還會玩甚麼？」瑛傑問宇翔。

「電子遊戲。」宇翔打開電視機櫃，裏面有遊戲機和遊戲光碟。他説：「我爸爸是電玩迷，自小和他一起玩電子遊戲，現在主要玩網上遊戲。」

「我小時候最喜歡玩具車，經常帶玩具車去幼稚園，和同學『賽車』，贏了可以沒收對方的玩具車。我差不多每次都會贏，綽號『車神』！」瑛傑緬懷着童年的風光史。

「家裏多了玩具車，你爸媽不可能不知道。」智奈説出重點。

「後來被媽媽發現了，被她打到半死，要我把玩具車還回去。之後，我只可以在生日買一輛新車，簡直是世紀酷刑！」瑛傑臉容扭曲，用詞誇張。

「你們有沒有被爸媽打過？」小惠問。

「爸媽不會打我，我不是去圖書館，就是在家中看故事書。」智奈説。

「你應該是大人喜歡的乖孩子。」宇翔説。

「看到喜歡的玩具或零食，你會不會撒嬌，要爸媽買給你？」小惠問。

「我不會撒嬌。」

「你的童年很無聊。」小惠搖頭歎息。

「你的童年又有多精彩？」

「我小時候喜歡吹肥皂泡，綽號叫『泡泡公主』。」

「真老套！」瑛傑大笑。

「叫『車神』才是最老套！」小惠不服氣，向他做鬼臉。

「然後呢……」宇翔笑着問。

「我會用不同工具，吹出各種形狀的泡泡，天天玩都不會厭。」

「泡泡……公主……」瑛傑笑得眼角滲出淚水，「我現在見到你就忍不住想笑。」

「真可惡！」小惠氣得彈起身，搥打瑛傑的背，他反而越笑越大聲。

「真澄呢？你的童年是怎樣的？」智奈問。

「嗯……和普通人一樣，沒甚麼特別。」

「我們都是普通人，再平淡也是重要的記憶。」宇翔説。

我露出模稜兩可的微笑，目光不知放在哪裏。

「每次都是這樣，説到家裏的事，你只會敷衍我們。」小惠板着臉説。

還以為沒有人在意我的反應，沒想到小惠一直放在心上。我應該説些甚麼？有誰來轉換話題？

「我們只是閒聊家裏的事，不是揭私隱，不會追根究柢。你甚麼都不説，你是不是很討厭我們？」小惠説。

「怎會呢？」

「你又想敷衍我們嗎？」

宇翔拉着小惠的手臂，輕力搖頭，小惠卻捧開他的手。

「我知道你性格文靜，少説話。有時我會覺得，你明明和我們在一起，卻好像站在外圍看着我們，你不但不説自己的事，就連我們的事，你也不會過問。我以為我們是好朋友，難道是我一廂情願嗎？」

「你説太多了，喝可樂也會喝醉，哈，哈哈！」瑛傑試圖緩和氣氛。

「你喜歡貓和士多啤梨，不喜歡麵包。除此之外，我對你一無所知，完全不了解你。為甚麼和我們相處要小心翼翼？我

們很可怕嗎？」

我眼泛淚光，抿着嘴搖頭。

「我們不值得信任嗎？」

我繼續搖頭，不要再迫我，我不知道應該說甚麼。

小惠捉住我的肩膀，直視着我的眼睛說：「開心就笑，憤怒就罵，傷心就哭，我們是好朋友，是可以坦誠分享的人啊！」

不斷膨脹的心痛啃噬着我的胸口，矛盾的思緒在內心翻騰。

我說不出口，一旦說出來的話，就要承認我失去了生命中最重要的部分。

小惠搖着我的肩，難過地說：「我見過你一個人的時候，會露出悲傷的表情。我們都關心你，不會離開你，你可以倚靠我們啊！」

「小惠，你不要再迫真澄了。」宇翔說。

「就是嘛，和說好的不一樣。」瑛傑說。

智奈猛力踢了瑛傑一下，怒目瞪着他。

瑛傑的話是甚麼意思？今天的聚會另有目的嗎？

「不要再問了……讓我走……」我垂下眼睛，不敢正視小惠的臉。

「你真是⋯⋯我不理你啦！」

小惠放開手，怒氣沖沖地走到電視機前，坐在地上玩賽車遊戲。

在家裏不開心，和朋友在一起時，不提起難過的事，就可以暫時逃離現實。我沒想過在對方眼中，我甚麼都不說是敷衍，原來我一直傷害關心自己的朋友。

「是我不好，我先走。」我拿起隨身袋，準備離開。

「小惠下了氣便沒事，不要放在心上。」智奈說。

「我星期一會向小惠道歉。」

「為甚麼要等到星期一？」瑛傑問。

「我現在沒有勇氣面對她，過兩天才道歉比較好。」

「你的想法真奇怪！你覺得自己有錯就現在道歉，你覺得她無理取鬧就罵回去，你現在想做甚麼就去做。你以為勇氣可以累積嗎？勇氣只會隨着時間消失，思前想後，最後甚麼都做不到。」瑛傑竟然會說道理。

「好了，你們今天真囉唆！」宇翔說。

「還有，勇氣是一瞬間爆發的力量，誰說勇氣要時間累積？簡直是廢話！」

「家裏不夠飲料，我們去便利店。」宇翔拉走瑛傑。

雪櫃裏的飲料足夠我們喝三天。

兩個男生出門後，室內只有賽車聲和音樂聲。

我聽到心臟鼓動的聲音，那震盪越發強烈，這是我當下的勇氣嗎？

智奈微笑着輕拍我的背，如果我現在甚麼都不做就跑掉，我一定會非常討厭自己。

我鼓起勇氣走到電視機前說：「又撞車，你的駕駛技術太差了。」

「這是熱身，現在才要大顯身手。」

小惠把另一個控制器遞給我，我接過後坐在她身旁，一起玩賽車遊戲。

回想起來，勇生出生後，我自然地玩他喜歡的機械人，讀他喜歡的漫畫書，看他喜歡的卡通片，兩姊弟總是在一起。

我經常在家中和勇生玩賽車遊戲，卻是第一次和朋友「賽車」，握在手中的控制器，溫度截然不同。

「你的技術不錯嘛，我不會輸給你的。」小惠笑着說。

「剛才⋯⋯對不起！」

終於說出來了，小惠會原諒我嗎？

「我向你發脾氣，大聲罵你也不對，對不起！」

我搖搖頭表示不要緊。

「那麼⋯⋯你現在還好嗎？」

「不好。」我説出當下的心聲，淚水在眼底翻滾，「我的家四分五裂，一點也不好。」

「真澄⋯⋯」

眼下的世界一片朦朧，電視響起撞車的巨響，手上的控制器脱手掉到地上。

下一秒鐘，小惠把我擁入懷裏，用力地摟着我。片刻之後，智奈也從後摟着我，她們都不説話，只是緊緊地擁抱着我。

家裏的事令人困擾，太多心事説不出口，無聲的擁抱是最溫柔的安慰。

口裏埋怨我態度敷衍，卻願意陪在身邊，我值得被人這樣愛護着嗎？

太陽逐漸西沉，我一個人步行回家，不斷回想在宇翔家發生的事，檢討自己説錯的話，做錯的事。

我不想令大家不開心，都怪我反應不夠快，口齒不夠伶俐。即使後來沒事了，我的心情仍然十分忐忑。

「喂，高真澄！」

　　我陷入沉思之中，沒留意有人叫我的名字，繼續向前走。

　　「喂，高真澄！」

　　一個瘦削的身影擋在我面前，我停下腳步，抬頭看到勇生。

　　「你去哪裏？」

　　「回家。」

　　「我們的家在那邊。」勇生指着左邊説。

　　我心不在焉，不知道走錯路。我轉向左邊走，勇生跳到我面前説：「喂，高真澄，我們去探險吧！」

　　「去哪裏？」

　　「沒去過的地方。」

　　我和勇生來到巴士站，他説：「我們坐第一輛到站的巴士，在第十二個站下車。」

　　「為甚麼是第十二個站？」

　　「因為我十二歲。」勇生舉起勝利手勢。

　　「我十四歲，在第十四個站下車。」我才不要聽他的。

　　巴士到站，是我沒坐過的路線，我坐在窗前看風景，故意不看車上的顯示屏，在心裏數着車站的數目，結果……

　　「第十二個站竟然是總站。」我扁起嘴説。

夜色漸濃，空氣中吹來帶着鹹味的風，送上海浪拍打堤岸的聲音。

我們來到市郊的碼頭，反正家裏沒有人，甚麼時候回去都沒關係。

我們沿着堤岸散步，附近人跡罕至，只有幾個人在釣魚。我們好奇地望了望，兩、三個水桶裏都沒有魚，看來今晚會是一場苦戰呢！

「呀，有螃蟹。」勇生指着石縫喊。

我蹲下來，果然看到一隻小螃蟹：「這麼黑，你竟然看得到。」

「你有老花眼。」

「你才有老花眼，我連近視都沒有。」

「這裏還有兩隻螃蟹。」

「哪裏？」

我們在石縫之間尋找螃蟹的蹤跡，牠們走得很快，爬上爬下不會摔倒，不得不佩服牠們身手敏捷。

玩累了，我們坐在堤岸上，吹海風、看海浪。

一旦安靜下來，小惠向我發脾氣的情景再度浮現，我無法輕易釋懷。

「你覺得我對人態度敷衍嗎？」

「不會呀，你每次都很認真地罵我。」

「因為我接二連三救出遇難的流浪貓，所以順理成章加入千里貓義工團。當值編班是五人一組，自然地經常和組員在一起，就像同班同學被安排在同一個課室裏，沒有選擇，不想自己一個，找個小圈子來棲身。我有時會想，如果我沒有加入義工團，我還會和他們四個做朋友嗎？」

「我最好的朋友都在足球隊，我很高興遇到他們，不明白你在煩惱甚麼？」

「我的意思是他們對我很好，我也很喜歡他們，但當他們走近我的內心，身體的警鐘便會響起，關閉通往內心的閘門，讓我們保持距離。」

「你不想和朋友保持距離嗎？」

「我想和朋友真心真意地相處，但心裏的閘門是自動門，我控制不到開關。」

「那很簡單，把閘門砸爛就可以啦！」勇生咧嘴一笑。

「砸爛？」

「你和我打架都不會輸，區區閘門算得了甚麼？」

這個方法既單純又直接，我做得到嗎？還是我想得太多？

勇生的話彷彿一雙温柔的手，撫慰我的心靈，鼓勵我坦誠地面對自己。

潮濕的海風輕拂臉龐，吹亂髮絲。

我伸出手想摸勇生的頭，手卻在一厘米的距離懸在半空，心臟傳來一陣刺痛，視線變得模糊。

我把手縮回去，移開視線，哽咽着説：「再陪我一會可以嗎？」

「可以呀。」

「我還需要一點點時間。」

「明白。」

我把淚水塗在黑夜的畫布，讓悲傷一點一滴滲入畫布裏，等待晚風把濕透的畫布吹乾。

有些事情，我是深深明白的，只是每次想向前走，到最後也會退縮，結果我還是甚麼也改變不了。

第九章

遺忘了最初的溫度

我打開客廳的儲物櫃，櫃裏面堆疊了十個儲物膠箱，箱面沒有標貼。我搬出所有儲物箱，整齊地排在地上，逐一打開來看。

　　第一個儲物箱有電鑽、尖嘴鉗、螺絲批等維修工具；第二個儲物箱有花瓶、香薰座、陶瓷天使等擺設；第三個儲物箱有經典漫畫書……

　　「太多雜物了，小雞毛絨公仔在哪裏？難道已經丟了？」我打開第四個儲物箱，雙眼登時亮了起來：「找到了！」

　　我拿出兩個可愛的小雞毛絨公仔，黃色毛毛乾淨順滑，看不出是舊玩具。

　　「希望宇翔的貓咪會喜歡它們。」

　　儲物箱裏還有一本小學生文集，我渾然忘記它的存在，記不起寫過甚麼。我打開文集的目錄，尋找自己的名字，翻到我寫的文章—《我的夢想》。

　　原來小四的我夢想是在「Four Sheep」當廚師，可以天天給弟弟做炸雞、漢堡包和朱古力曲奇奶昔。

　　「真是令人懷念呢！」

　　我坐在茶几前閱讀文集，看着一篇篇純真的文章，不禁發出會心微笑。文集裏的孩子長大後，誰會夢想成真？誰會在中途轉換跑道呢？

　　微風從敞開的窗戶吹進來，外面傳來清脆的鳥鳴，還有小孩的嬉鬧。

　　我的眼皮越來越重，不知不覺伏在茶几上睡着了。

　　我做了一個夢，六歲的我綁雙馬尾，圓眼睛、長睫毛的勇生超級可愛。媽媽牽着我的手，爸爸牽着勇生的手，走在農場的草地上。

　　我們到馬廄看馬，馬很大，尾巴輕輕一掃，勇生嚇得拉着爸爸掉頭走。

　　「你怕馬嗎？」爸爸問勇生。

　　「我不怕。」

　　「那麼我們再進去看馬。」

　　「馬馬要睡覺，你不要騷擾牠們。」

　　爸媽都看得出勇生在逞強，憋住笑不忍心揭穿他。

　　我們接着去羊棚看綿羊，有人正在剃羊毛。工作人員手法純熟，綿羊瞬間由毛茸茸變成光禿禿。

　　「為甚麼要剃走羊咩咩的毛？」勇生問。

　　「我們要用羊毛做毛衣，你穿上毛衣，冬天就不怕冷。」爸爸回答。

　　「羊咩咩沒有毛，牠們會很冷。」

「羊毛會重新長出來，到時就不怕冷了。」

勇生似懂非懂，怔怔地盯着光禿禿的綿羊。

手提電話響起鈴聲，爸爸背着我們聽電話，媽媽要上洗手間，叮囑我照顧弟弟，不要走開。

這時，農場颳起一陣強風，勇生忽然走入羊棚裏，我想阻止他：「你不能進去。」

「羊咩咩會感冒，我要給牠們穿外套。」

我也不想綿羊冷病，跟着勇生走入羊棚，脫下外套走近綿羊，可綿羊見到我們便走開。

「我們在後面給牠們穿外套。」我提議。

勇生跑到其中一隻綿羊後面，他不是把外套放在綿羊背上，而是一手捉住牠的後腿。綿羊受到襲擊，後腿猛力一踢，把勇生踢倒在地上。

勇生嚇得放聲大哭，爸媽趕緊跑過來，媽媽抱起勇生問：「發生甚麼事？」

「羊咩咩踢我，嗚嗚……」勇生哭得很淒涼。

「你們為甚麼走入羊棚？」

「我們怕羊咩咩感冒，想給牠們穿外套，就像你給我們穿衣服一樣。」我抽抽噎噎。

爸爸摟着我，摸着我的頭，柔聲説：「不要怕，沒事，沒事。」

農場再次颳起強風，吹起了綿羊和青草的味道，吹走了孩子們的哭聲。

猛烈的光線躍入眼簾，我們坐在「Four　Sheep」的卡座裏。

「你們想吃甚麼？」爸爸打開餐牌問。

「朱古力曲奇奶昔。」勇生高聲説。

「士多啤梨雪糕。」我説。

「吃飯有先後次序，我們要先吃正餐，才吃甜品。」

「為甚麼？」勇生問。

「倒轉次序，會消化不良，會胃痛。」爸爸嚇唬我們。

「媽媽説女孩子有兩個胃，一個吃飯，一個吃甜品。」我説。

「我要變做女孩子，我也要兩個胃。」勇生説。

「媽媽……」爸爸沒好氣地望着媽媽，樣子十分趣怪。

「今天是爸爸請客紀念日，我們先吃甜品來慶祝。」媽媽頑皮地笑。

「太好了！」我和勇生高興得拍手。

結果，除了奶昔和雪糕，爸媽還點了窩夫和芝士蛋糕。

　　奶昔上面灑滿鮮忌廉和朱古力碎，勇生喝得很笨拙，嘴脣四周染成咖啡色。

　　「好喝嗎？」爸爸問。

　　勇生笑得很滿足，不停地點頭。

　　「爸爸也想喝，請我喝一口好嗎？」

　　「不好。」

　　「你不請爸爸喝奶昔，爸爸很傷心啊！」

　　勇生歪着頭想了想，從背囊取出一輛玩具車，遞給爸爸說：「我請你玩車車。」

　　爸爸接過玩具車，哭笑不得。

　　我挑起雪糕上的士多啤梨，伸長手臂說：「爸爸，我請你吃士多啤梨。」

　　「謝謝你！」

　　我給媽媽和勇生每人一片士多啤梨，大家的臉上都漾滿幸福的笑容。

　　雪糕杯的表面滲出水珠，我用手指撫摸杯面，指頭被水珠沾濕⋯⋯

　　我的手指濕了，指頭上的不是杯面的水珠，而是臉上的淚

水。

我稍微張開眼睛，眼前一片朦朧，一切如幻似真。

剛才的夢境太真實，真實得不像做夢。可惜，夢境再幸福，畢竟是一場夢。無論我怎樣伸長手臂，都觸摸不到。

茶几旁有一本相簿，我甚麼時候把相簿拿出來？我打開相簿，看到一家人去旅行時，在農場遊玩的照片。再翻下去，還有我和勇生在「Four Sheep」喝奶昔、吃雪糕的合照。

夢裏的情景有多少是真實，有多少是想像呢？我們確實曾經擁有過溫暖的時光，只是記憶隨着時間泛黃，感情隨着時間變淡，我們都在時光裏遺忘了最初的溫度。

這天放學後，輪到我在貓咪小窩當值，在接待處上載照片到貓義工團的社交網站。房間裏有五個同學和校貓玩，他們也是樂此不疲地拍照。

「真澄，我要去打網球。」瑛傑揮一揮網球拍，走出貓咪小窩。

「啊！我忘記還書！」小惠像一陣風似的跑去圖書館。

「壁報組有麻煩，我出去一下。」宇翔看着手提電話説。

「我要去補習，離開時記住鎖門。」智奈説。

貓咪小窩關門前五分鐘，四個組長相繼早退，留下我一個人當值。

　　我望向房間裏面，同學們低聲說話，拍照不用閃光燈，不會騷擾正在午睡的花 B 和奶油多。

　　看到同學們善待動物，我身為創團組長，感到非常安慰。

　　五分鐘後，所有同學都離開貓咪小窩，我正在收拾時，忽然肚子痛。

　　「喂，高真澄，你的表情很搞笑。」勇生歪着頭看我的臉。

　　「你甚麼時候進來的？我要去洗手間，你在這裏等我。」

　　我急匆匆去洗手間，沒留意有人站在轉角處，嘴角露出不明的笑意。

　　幸好勇生及時出現，但怎會走路沒有聲音，他是忍者嗎？

　　走出洗手間，我看到勇生站在走廊，盯着貓咪小窩的玻璃門。我走到他身邊說：「我不是說過在裏面等我嗎？」

　　「噓！」勇生把食指放在脣上，再指着玻璃門。

　　我透過玻璃門望進去，有一個低年級男同學盤腿坐在地上，炭治郎坐在他的大腿上，任由他撫摸。

　　「已經過了探訪時間，你怎麼不告訴他？」我問勇生。

　　「我不是貓義工，沒權阻止同學進去，而且是炭治郎先撒

嬌，要他摸自己。」

「牆上寫着探訪時間，他看不見嗎？」

「他看到了，也有看使用守則。」

「為甚麼明知故犯？」我正想進去叫他明天再來，勇生説：「就是不想在探訪時間出現，才會現在進去吧。」

「甚麼意思？」

勇生指着轉角處説：「他一直站在那裏，偷偷地望着貓咪小窩，可能是想看貓，卻不敢進去。」

「為甚麼？」

「你腦袋長草嗎？自己想想啊！」

勇生踏着小碎步離開，看來心情很好，但他沒有回答我的問題啊！

「真澄，你站在這裏做甚麼？」宇翔回來了，他圍着我繞了一圈，不知道檢查甚麼？

「怎麼了？」

「我以為你戴着藍牙耳機。」

天啊！為甚麼今天人人説話都像猜謎語？

宇翔看到貓咪小窩裏的男同學，説：「噢，是他。」

「你知道他是誰？」

「他讀 1B 班，小學時被父母虐打，現在由親戚照顧。他有社交恐懼症，不擅於表達自己，在人羣中會很緊張。」

「看來他怕人，但不怕貓。」

「炭治郎被人丟在垃圾桶，沒有憎恨人，反而對人很體貼，牠可能感受到別人的傷痛吧。」

「我們可以讓炭治郎做貓醫生。」我靈機一動。

「好主意！腩腩也很乖、很親人，牠也很適合做貓醫生。」宇翔很積極。

「到時一定要預備零食獎勵這隻『為食貓』。」

「還有，圖書館唐主任跟我說過，希望在午飯時間安排校貓當值，讓同學多接觸貓咪。」

「你究竟在學校做了多少宣傳？」

「我沒有特別去宣傳，自從落實改裝貓咪小窩，老師同學見到我，都自然地聊貓的事情。」宇翔露出滿足的笑容。

「貓咪有家真好，有人疼愛真好！」

貓咪小窩裏的男同學一邊摸炭治郎，一邊和牠說話。

「啊，他笑了！」我感到很欣慰。

「今天就破例加班吧。」

我們坐在走廊盡頭的椅子上，聊校貓、聊寄養貓、聊流浪

貓⋯⋯

夕陽把街道染成溫暖的橘黃色。

走在回家的路上，我看見前面有一個熟悉的身影：「爸爸？」

我翻開日誌簿，爸爸今天上早班，在這個時間出現，就是下班後直接回家。

我很少在街上碰見爸爸，我要上前和他一起走嗎？還是讓他先回家？萬一被他發現我在後面也不跟他打招呼，會不會以為我故意避開他？

途經水果店，紅髮老闆娘笑着和爸爸打招呼：「今天這麼早下班，買水果嗎？」

「你竟然有日本士多啤梨，你以前不賣貴價水果。」

「便宜的、貴價的都有客人喜歡，很新鮮，很甜啊！」

「我要一盒，女兒最喜歡吃士多啤梨。」

途經士多，禿頭老闆對爸爸說：「好久不見，你去了哪裏？」

「去上班，賺錢啊！」

「你平時買的樽裝檸檬綠茶大特價，比超市便宜很多。」

「給我十支。」

我一直以為家裏的檸檬綠茶是媽媽買的，媽媽不是和爸爸鬧翻了嗎？為甚麼會喝他買的檸檬綠茶？

爸爸提着兩個重甸甸的環保袋，緩慢地穿過公園，走向屋苑。

我走上前去，取過爸爸左手的環保袋，叫了一聲「爸爸」。

「你放學啦！」

爸爸語氣平靜，眼神柔和卻顯出疲態。很久沒有近距離看着爸爸，原來他有白頭髮，臉上多了皺紋。

我會長大，爸爸會變老，明明是理所當然的變化，為甚麼我會感到淡淡哀傷呢？

我提着的環保袋裏除了樽裝檸檬綠茶，還有兩盒蘋果蜂蜜咖哩塊。

「你買了咖哩塊？」

「同事去旅行，送給我的手信。」爸爸笑了笑：「我以前經常買這款甜咖哩塊，他以為我喜歡吃，特地買給我，我其實喜歡吃特辣咖哩。」

「勇生最喜歡吃蘋果蜂蜜咖哩雞。」

「如果他見到這些手信一定很開心，我今晚就做咖哩飯，家裏有材料嗎？」

「嗯，有雞肉、洋蔥、馬鈴薯和紅蘿蔔。」

「回去之前，再買一些茄子吧。」

爸爸喜歡在咖喱裏加茄子，下鍋前先烤一烤，做得特別好吃。

我打開環保袋，檸檬綠茶在膠樽裏搖搖晃晃，媽媽會喝爸爸買的綠茶，她會不會吃爸爸做的咖喱飯呢？

家裏的玄關有一雙女裝帆布鞋，媽媽回來了。

我快步走入屋裏，餐桌上沒有麵包，媽媽站在露台澆花，背影在夕照下勾勒出金色的輪廓，發出温暖的光暈。

「媽媽。」

「你看這裏。」媽媽回過頭，指着花盆説。

我走出露台，看到玉米百合長高了，開出健康翠綠的枝葉。

「我常常忘記澆花，幸好有你幫忙。」媽媽説。

「不是我，是爸爸每天到露台澆花的。」

「是嗎？」媽媽若有所思，説：「他當初反對我種花，怕有昆蟲。」

「我一直以為這些花是你們一起種的。」

「全部都是我種的，也只有四盆而已。」

從生活中微不足道的小細節，看得到爸爸對家人的關懷，我感受到了，媽媽也感受到嗎？

「甚麼時候開花？」我問。

「明年春天，我聽說所有花都有花語，你知道玉米百合的花語嗎？」

「我上網看看。」我用手提電話搜尋玉米百合的花語，一顆心「咯噔」一下。

我給媽媽看手提電話的螢幕，玉米百合的花語是 —— 勇敢和執着的愛。

一眨眼，媽媽的眼眶泛起淚光，她避開我的視線，遙望遠方的雲彩。

一羣鴿子飛過天空，媽媽輕聲說：「是從甚麼時候開始呢？我不知道怎樣面對你們，我是不合格的媽媽，對不起！」

我咬着脣，聽到心裏的歎息。

「真澄，怎樣才能勇敢地生活下去？」

「我不知道，我也想變得勇敢一些。」

「我們還可以繼續向前走嗎？」

面對軟弱的媽媽，我想變得堅強。

我握着媽媽的手，微笑着說：「我們一起向前走吧！」

我把四碟咖哩飯放在餐桌上，擺放四份餐具，拉開四張椅子。

勇生聞到咖哩的香味，第一個坐下來說：「今晚的咖哩好像特別香。」

「爸爸親自下廚，他比我做的好吃得多。」

四個人坐在餐桌前吃飯，曾經熟悉的情景坐着時光機回來。

「很久沒吃過蘋果蜂蜜咖哩飯。」媽媽的聲音充滿懷念。

「好吃嗎？」爸爸問。

「嗯。」

「我一直認為小孩子才喜歡甜咖哩，現在覺得挺好吃的。」

我用眼神取笑勇生：他們說你是小孩子。

勇生向我做鬼臉，樂呵呵地品嚐他最愛的甜咖哩飯。

我們隨意閒聊，有一句沒一句的，最後大家都把碟子清光了。

籠罩着這個家的沉鬱氛圍，正在一點一滴地消散。

我們都想改變，也正在改變之中。

第十章

再會的那一天

還有五分鐘，大頭貓鬧鐘便會喵喵叫，我張開眼睛坐起來，關掉鬧鐘，拉開窗簾。

「現在開始行動！」

我躡手躡腳走入媽媽的房間，偷偷拿走她放在桌上的化粧品。

回到自己的房間後，我用電腦打開「中學生新手化粧攻略，五分鐘變漂亮的秘訣」的影片，跟着影片中的女生化粧。

五分鐘後，我看着鏡中的自己，滿意地說：「我看來很有化粧天分。」

我把兩隻小雞毛絨公仔放入書包，不動聲色地把化粧品放回原處，在爸媽起牀前出門上學。

踏入校園，走在前面的女生長髮飄逸，吸引了同學的目光。女生走路時挺直腰板，書包也很眼熟，難道她是⋯⋯

我急步走到長髮女生面前，笑着說：「你沒有綁馬尾。」

「你化粧。」智奈說。

「你的頭髮很順滑。」我摸着智奈的頭髮說。

「我昨天在家裏做了護髮焗油。」

我們彎起眼角，揚起嘴角，不必多說話，都知道對方正在想甚麼。

來到貓咪小窩，小惠和瑛傑背着我們，坐在地上和貓咪說話。

「你們做甚麼？」智奈問。

小惠和瑛傑轉過來，抱起花B和小旋風說：「大變身！」

四隻貓咪都穿上衣服，炭治郎更穿上黃色條紋圍裙，化身成迷你版能幹貓。

「好可愛！」我抱起炭治郎。

瑛傑用髮泥弄了新髮型，小惠也有化粧，她笑着問我：「你也是看了那個影片嗎？」

「中學生新手化粧攻略，五分鐘變漂亮的秘訣。」我們同聲說。

我們只是化淡粧，讓氣色變好，不容易被老師發現。

「咦？宇翔呢？」智奈問。

「我在這裏。」後面響起宇翔的聲音，他的頭髮亂糟糟的。

「你為甚麼不梳頭？」瑛傑怪叫。

「我平時也沒有梳頭。」

「今天是大日子，絕對不能失禮。」瑛傑要宇翔坐下來，用髮泥幫他弄新造型。

五分鐘後，宇翔的頭髮梳理出層次感，露出額頭後，看起來又清爽又秀氣。

「原來你挺帥的嘛。」小惠說。

「每天這樣弄頭髮太麻煩了。」宇翔似乎不覺得自己變帥了。

這時，葉老師進來，吃了一驚：「全部脫衣服！」

有報紙記者看到千里貓義工團的社交網站，得知千里中學收養流浪貓，改裝貓咪小窩，特地來訪問我們。

記者訪問了校長、葉老師和同學，義工團主要由團長智奈發言。攝影師除了拍照，還拍了影片，錄下我們和貓咪們的互動。

最後，記者問智奈：「你有甚麼想對大家說？」

「每個人都有不同喜好，你可以不喜歡小動物，但千萬不要傷害牠們。」

訪問結束後，我們打掃貓咪小窩，小惠收起貓衣服，她撅起嘴說：「貓咪不能穿衣服做訪問，真可惜！」

「學校聖誕派對時，我們再幫貓咪大變身。」瑛傑提議。

「贊成！」全體組長一致通過。

由於做訪問不用上課，今天的時間過得特別快，轉眼便放學了。

我走在操場上，打開書包找手提電話，兩隻小雞毛絨公仔向我打招呼。

「我忘記了。」

當我轉身想折返時，宇翔正朝着我走過來。

「之前說過給你的毛絨公仔，一直忘記帶給你。」我把兩隻小雞毛絨公仔交給宇翔。

「謝謝！希望牠們會喜歡，貓的心思很難捉摸。」

「你先收起一個舊毛絨公仔，給牠們一個新毛絨公仔，等牠們習慣了，再替換另一組毛絨公仔。」

「這個方法好像不錯，差點以為你家裏有養貓。」

「貓比人短命，家貓是家人，和家人分開很痛，我承受不了。」

「永遠的別離的確很痛，尤其是突如其來的失去。雖然誰也無法取代誰，但你身邊有我們，我們會陪着你。」

我們深知自己的無力，才會想有人陪在身邊，力量再微小，也是支撐心靈的重要存在。

「這個……給你的……」

宇翔把一個大頭貓毛絨公仔吊飾放在我的手中，露出害羞的表情。

「這是限量版，你不要嗎？」

「不是要不要的問題，我……總之送給你……交換禮物……」

宇翔吞吞吐吐的，他很少這樣說話。

「謝謝！」我把吊飾掛在書包上，笑着問：「好看嗎？」

宇翔點一下頭，豎起大拇指。

操場上颳起一陣風，捲起地上的落葉。

風清涼了，陽光柔和了，夏去秋來，終於迎來了遲來的季節。

爸爸今晚不用上夜班，我們約好等媽媽下班後，一起去吃韓式烤肉。

正在等回家的巴士時，我的手提電話響起，來電顯示是陌生的手提電話號碼。

我帶着疑惑接聽：「喂……」

「你是不是店長的女兒澄澄？」

手提電話對面傳來大叔慌張的聲音，「Four Sheep」的員工都要提供緊急聯絡電話，爸媽的關係變差後，爸爸把緊急聯絡人改成我。

「是的，請問你是誰？」

「有人在店裏爭執，後來更打起來，桌椅都被他們砸爛了。店長想制止他們，結果……流了很多血……店長……店長……嗚嗚……你趕快來醫院，我怕來不及了，嗚嗚……」

大叔哭哭啼啼，說出醫院名字後便掛線了。

我的心臟不由得狂跳起來，「來不及」是甚麼意思？在這一刻，我只想到一個可能性。

我不要和家人分開！怎麼辦？我全身發抖，害怕得快要哭出來。

「喂，高真澄，你還在發呆？快去坐的士啊！」勇生在身邊催促我。

我跑到大街攔截的士，說出醫院名字，可念頭一轉，馬上改變主意。

我推開麵包店的門，衝進去喊：「媽媽！」

我在的士上打電話給媽媽，但她沒有接聽，傳短訊給她也沒有看。

店員胖姨姨認得我，她說：「你媽媽下班了，離開時帶走四個麵包。」

不會吧？媽媽最近每天回家，今晚還約好一家人外出吃飯，我們的關係不是變好了嗎？為甚麼又是這樣？

「我以為她不會再通宵打麻將了。」我難過得想哭。

店裏有客人，胖姨姨脫下圍裙，叫我跟她出去。

「你家裏的事，你媽媽跟我說過。我沒有和你媽媽打麻將，但我知道她的朋友都是好人，你可以放心。」

「每個人都有自己的興趣，我不反對媽媽打麻將，只是希望每天都見到她。」

「你可能不知道，你媽媽根本不喜歡打麻將。」

「你說甚麼？」我以為聽錯了。

「你媽媽當初之所以打麻將，是因為和你爸爸相處得不愉快。這幾年，他們的關係時好時壞，每次不開心，她就會去打麻將，逃避傷心的事。」

「他們相處得不愉快，為甚麼不離婚？」這是一直藏在我心裏的疑問。

「在愛情的世界裏，除了愛和不愛，還有藕斷絲連，最折磨人心的是捨不得。而且，還有你們兩姊弟啊，你媽媽怎會捨得和你們分開呢！」

「捨不得」三個字直撞在我的心坎上，胸口傳來一陣悶痛。

　　爸爸深深傷害過媽媽，傷痕恐怕不容易消失。媽媽對爸爸懷着怎樣的感情，就算是共同生活的子女，也難以理解。

　　「三個月前，發生了那件事，你媽媽一直放不下。她只有在打麻將的時候，才會暫時忘記傷心的事。你可能覺得她很過分，丟下你不理，但你知不知道她每天都很痛苦。」

　　「痛苦的人不只她一個，不是說過要向前走嗎？」我捉緊背囊的肩帶，感到被背叛的難過。

　　胖姨姨輕撫我的手臂，說：「你媽媽的心穿了一個大洞，這一刻沒事，下一秒流血不止。打麻將是止痛藥，止痛卻不能止血。你也受傷了，有些傷痛，只能由家人來醫治。」她指着馬路斜對面的大廈說：「你媽媽在三樓 B 室。」

　　「我們去找媽媽吧。」勇生走在前頭說。

　　我咬一咬脣，跟着勇生跑到馬路對面，直奔媽媽身處的大廈。

　　到達三樓 B 室，我按了一下門鈴，一位短髮姨姨來開門：「你是誰？」

　　「我找媽媽⋯⋯」

　　「真澄？」媽媽從梳化站起來，梳化上還有兩位姨姨，她們沒有打麻將，只是聊天吃麵包。

　　我一聽到四個麵包，便自動對號入座，真是大笨蛋！我走

到媽媽面前，激動地説：「爸爸被人打傷，現在在醫院裏，他快要死了！」

「不會吧？」

「是爸爸的同事打電話給我的，怎麼辦？」

「我們現在去醫院。」

醫院急症室大堂擠滿病人和家屬，媽媽在詢問處查詢爸爸的情況，我們都焦急得不得了。

職員正在查看電腦資料時，我看見穿着「Four Sheep」制服的大叔，在走廊擦眼淚，我連忙拉着媽媽跑過去。

「我是店長的女兒，爸爸在哪裏？」

「店長……店長……嗚嗚……」

「你不要嚇我們，他是不是傷得很嚴重？」媽媽緊張地問。

「沒錯，的確傷得很嚴重。」掛念的聲音在身後響起。

「爸爸！」我失聲大叫，頭頂同時彈出了問號。

爸爸的制服上有點點血跡，但他沒有包繃帶或蓋紗布，完好無缺地站在我們面前。

「你不是流了很多血，快要死嗎？」我問。

「流了很多血的是打架的人，其中兩個是年輕演員，我陪受傷的同事來醫院，大家都沒事了。」

「誰人受傷也不說清楚，你們是怎樣溝通的？」媽媽有些生氣。

「他哭着說店長店長，怕來不及甚麼的。」我指着大叔說。

「當時店長勸架，推倒其中一個人，我擔心店長被警察帶走，才叫你趕快來醫院。」

「都怪你哭哭啼啼，說話詞不達意。」

「你的理解能力太差，怎能怪我！」大叔不服氣地撇嘴。

「好啦好啦，大家都沒事就好，不要再吵了。」爸爸說。

看着我們吵吵鬧鬧，勇生笑得捧着肚子。

幸好虛驚一場，我不想失去家人，不想再次失去重要的人。

「店面嚴重損毀，是不是要暫停營業？」媽媽很擔心。

「就當作休息，順便裝修一下。」爸爸說。

「無論怎樣修補，都不會和原本一模一樣。」

「那就加倍努力修補，修補到比原本更好吧。」

我聽得出爸媽話中有話，他們對望的眼眸裏，流露出溫柔的微笑。

縱使曾經互相傷害，但是爸媽並不討厭對方，他們只是需要一個和解的契機。

爸媽的改變給我勇氣，我決定不再逃避，坦誠地面對心裏的大洞。

媽媽陪爸爸處理善後工作，讓我先行回家，改天再去吃韓式烤肉。

勇生比我走得快，一個箭步走出醫院大堂，靠着柱子向我揮手。

「喂，高勇生，我們去探險吧！」

「去哪裏？」

「沒去過的地方。」

我們坐上前往市郊的巴士，沿途風景逐漸由樓宇變成樹木。

太陽漸漸沉入地平線下，我們穿過叢林，來到一間廢置的空屋。

這間廢屋是熱門的探險勝地，吸引許多年輕人來挑戰膽量，攝影愛好者也愛到這裏取景。只要在網絡輸入關鍵字，就會看到很多廢屋的照片。

　　黃昏時分，四周只有我們的腳步聲和鳥鳴聲，橘紅的廢屋隱隱透出危險的氣息。

　　我站在門前，深呼吸一口氣，伸出手握着門把。出發前才下定決心，我的手卻抖個不停，猶疑着應否打開門。

　　「還在等甚麼？」勇生問。

　　「我們不如回去，下次再來。」我退縮了。

　　「你不想進去的話，就不會猶疑了。你是知道的，不打開這道門，人生無法繼續向前走。」

　　這道門後面可以通往未來，也可以回到過去。

　　勇生把他的手疊在我的手上，我們一起打開廢屋的門，一股複雜的氣味像猛獸般迎面撲來。

　　夕陽穿過破裂的玻璃窗照進屋裏，塵埃在紅光中飛舞。天花板的光管搖搖欲墜，左邊有殘破的桌椅，右邊有倒塌的油桶和大鐵櫃，有人在牆上用噴漆繪畫意義不明的塗鴉，也有人用麥克筆簽名，寫下「到此一遊」。

　　複雜的氣味來自廢屋中央，地板上擺放了許多花束，大部分已經凋謝了。花束前面有多張心意卡，以及一個簽上隊員名字的足球。

　　三個月前，四名少年到廢屋探險，他們想親身感受廢墟的氣氛，發掘好玩有趣的東西。

他們在廢屋裏到處探索，一個牆洞，一張破椅，一隻沒見過的昆蟲，再微小的東西，都使他們興奮不已。

就在玩得興起時，他們在屋裏發現有一隻小野豬，小野豬看起來很乖，他們走上前逗牠玩，卻被野豬媽媽發現，誤以為他們想攻擊自己的孩子，發狂似地撞他們。

少年們紛紛逃到屋外，其中一位同伴被地上的漆噴罐絆倒，剛好跑到門口的少年立刻折返屋裏，扶起摔倒的同伴。

突然，一個大鐵櫃倒塌下來，少年來不及思考，出於本能反應使勁把同伴推出門外。下一秒鐘，伴隨着「砰嘭」一聲巨響，大鐵櫃壓住少年。

少年當場不治，他的名字叫高勇生。

一陣風從身後吹入屋裏，我的長髮在風中飄揚，淚水靜靜地流下來。

回憶像怒濤般翻滾，我從另一個視角看到自己——

在家裏的餐桌前，我和爸媽一邊閒聊，一邊吃甜咖哩飯。

我獨個兒在堤岸散步，看石縫之間的螃蟹，坐在堤岸上啜泣。

我從廚房探頭，看到爸爸獨自坐在梳化上，看電視新聞報道。

我一個人在貓咖啡店吃下午茶，甜品放滿桌子。

我獨自躲在貓小路的儲物櫃後面，拍下腩腩偷吃炸雞塊的影片。

保安員在緩跑徑盤問我後，目送我一個人離開。

我在夜裏自己一個來到山坡，發現了小黑白貓。

過去三個月，我和勇生在一起的時候，在其他人眼中都只有我自己。

爸媽、老師和同學都來過事發現場獻花，只有我一直不敢來這裏。

為甚麼只有我看見勇生？是幽靈？是幻覺？是想像？我無法解釋見到勇生的原因，只知道我接受不到勇生離去，要他留下來陪我，有他的陪伴，才不會被巨大的悲傷吞噬。

這些日子彌足珍貴，讓我有機會和爸媽對話，彼此和解；讓我向逝去的人彌補遺憾，撕裂的心慢慢癒合。旅程即將來到尾聲，我準備向勇生好好道別。

勇生在花束前蹲下來，打開一張心意卡，細閱同學寫給他的祝福。

「他們說將來要在天堂和我一起踢足球。」

「天堂少年足球隊。」我走到勇生身邊說。

「好啊！聽起來很厲害。」

「勇生，我是合格的姊姊嗎？」

「不合格！」勇生比一個交叉手勢。

「我們經常吵架，就知道你會這麼說。」

勇生把心意卡放回原處，挺直腰背站在我面前。

「高真澄，自從爸媽關係變差後，你就代替他們照顧我，你所做的超過姊姊的本分，當然不合格啦！」

「勇生……」我太意外了。

「七、八歲之前的事，我沒有甚麼印象。爸媽經常不在家，我相信他們是愛我的，但我和他們的關係很疏離。生活上有很多事情，都是你為我操心。我有足夠條件成為邊緣少年，全靠有你的陪伴，我才沒有學壞。你可能察覺不到，你有很強烈做姊姊的自覺。高真澄，謝謝你！」

「你太正經了，我還是習慣被你挖苦。」我苦笑一下。

「我在人間的探險結束了，是時候出發去天堂探險。」

「我繼續在人間探險，連同你的那份看看這個世界。」

「不用了，你的人生是你自己的，不必為任何人而活。哈哈！不如我們比賽，各自在人間和天堂探險，到了再會的那一天，一起分享所見所聞，看誰的分享最有趣。你輸了的話，要請我喝朱古力曲奇奶昔。」

「天堂有朱古力曲奇奶昔嗎？」

「一定有的……嗯……可能有吧……」

　　我「噗哧」笑了出來，眼角滲出淚水，是高興的淚，也是不捨的淚。

　　「謝謝你，勇生！謝謝你做我的弟弟！」

　　「你太正經了，我還是習慣被你罵。」勇生模仿我苦笑一下。

　　我踏前一步擁抱着勇生，含着淚説：「再見！」

　　我感覺到勇生提起手臂，環抱着我：「喂，高真澄，我喜歡叫你的全名，你要活出像你自己的人生啊！」

　　我微笑着，從喉嚨裏應了一聲「嗯」。

　　夕陽餘暉悄悄從窗邊溜走，夜色為大地蓋上深藍色薄紗。

　　這天之後，我再也沒有見過勇生。

終章

在「Four Sheep」打架的兩個年輕演員成為城中熱話，連帶「Four Sheep」也登上熱門搜尋流行榜。

今天上英文課，課文提及農場，老師說：「動物在東方和西方有不同含意，例如最近很出名的「Four Sheep」，Sheep在東方通常解作溫馴，西方就有隨波逐流或膽小鬼的意思，至於是哪一個解釋，就要看句子的前文後理……」

「Four Sheep原來是四個膽小鬼。」有同學開玩笑，引起哄堂大笑。

無論大人或小孩，都會有不敢踏前一步的時候，也會有無法跨越的心魔，說穿了我們都是膽小鬼。

我家附近新開了寵物用品店，田園風格的裝潢很漂亮，當值時我和組長們聊起這件事。

「有沒有網站？我想看看喔。」小惠問。

「沒有，可能新開張還沒準備好。」我說。

「那就由你做特派員，拍些照片回來，順便看看有沒有特價貨。」智奈說。

「明天放假，我去拍照後，傳給你們看。」

「宇翔也一起去吧。」小惠笑得很曖昧。

「我？」

「你住在真澄附近，去幫幫手嘛。」

「啊，嗯，好的。」

「幸好我住得遠，不用被你勞役。」瑛傑鬆一口氣。

「你真是甚麼都不懂，網球笨蛋！」小惠一臉嫌棄。

「我是網球王子啊！」

小惠總是為我操心，上次她提議去宇翔家，也是想大家多些時間陪伴我。

第二天早上，我睡到自然醒來，摸着乾爽的枕頭，不禁會心一笑。

我和宇翔約好下午一時在公園集合，然後走路到商場的寵物店。

當宇翔出現眼前時，我當場目瞪口呆，過了很久才說：「你梳頭了。」

「啊，嗯，很奇怪嗎？」宇翔難為情地摸後腦勺。

「不會，很好看啊！」說出來後，輪到我有點不好意思。

突然，一股寒氣從後襲來，湧起不寒而慄的感覺，跟蹤狂又出現了！

跟蹤狂消失了一段日子，我以為對方放棄了。現在有宇翔在身邊，對方無法傷害我，我鼓起勇氣向後望，後面沒有人，再往後望，有一隻黑白貓坐在樹後，探出半邊身定定地盯着我。

「不會吧？你是跟蹤狂？」我走到黑白貓面前，蹲下來伸出手，牠聞了聞我的氣味，在我身邊團團轉。

我這時才看清楚，牠是還沒絕育的公貓，背上有三個黑點。我頓時想到一個可能性，指着貓背説：「你看！」

宇翔打開手提電話，找出小黑白貓點點的照片，放在公貓旁邊。

「一模一樣。」我們驚歎。

「他應該是點點和心心的爸爸，牠似乎認得你，見到你就會盯着你。」宇翔説。

「最先找到牠的子女的人是我，難道牠當時在附近？」

「流浪的公貓很少對小貓有責任心，可能是你身上有貓的氣味。但你感應到牠，至少證明貓咪雷達沒有失靈。」

「貓有領域性，牠為甚麼到處跑？」我很疑惑。

「看來牠的領域很大，是到處拈花惹草的『渣男』。」

「三妻四妾。」

「兒女成羣。」

我和宇翔交換眼色，即時達成共識——帶貓爸爸去動物醫院做絕育手術。

　　宇翔打開背囊，放在地上，用零食引貓爸爸走進去，讓他抱起來。

　　「我們帶你去做身體檢查。」我對着背囊説。

　　「然後呢？」宇翔問。

　　「來我家，和我一起生活好嗎？」

　　貓爸爸從背囊裏伸出頭來，「喵」地叫了一聲，牠主動親近我，我就當作答應了。

　　「我已經沒事了。」我望着宇翔説。

　　「那就太好了，我們出發吧！」

　　人生的旅程會遇到很多人，陪在身邊的時間或長或短，沒有人能夠永遠陪伴自己，就算再捨不得，也有放手的一天。

　　面對人生的無常，擁有時珍惜，失去時祝福。歲月流逝，令人心碎的無可奈何，終歸會化作感情的牽絆，直到永永遠遠。

後　記

利倚恩

一本面對「失去」時的許願書

「如果一生中只能寫一本書，你會寫一本怎樣的書？」

2023年，編輯邀請我參與香港作家巡禮系列的創作，讓我自由發揮。當時，我心裏很快便有答案—我想寫一個關於「失去」的故事。

人隨着年月長大，漸漸發現沒有理所當然的存在，尤其是在這幾年，感受特別深刻。無論你願不願意，身邊人都可能在某一天，悄然無聲地逝去。

面對失去的無能為力，話語也變得蒼白無力，留下來的人要怎樣活下去呢？

校貓小鬼離世後，智奈説：「我不明白為什麼發生了不幸的事，那些大人才願意採取行動。」

真澄爸媽的關係陷入膠着狀態，直至勇生離世後，兩人才認真思考怎樣修復破裂的婚姻和家庭。

即使突如其來的失去把你拉進黑暗，有溫暖的陪伴，你的

世界也會光亮起來。或許，生命的消逝，是叫人重新記起愛的溫度。

　　幸好，失去同伴的校貓們，失去弟弟的真澄，在最脆弱的時候，都有人陪在身邊。

　　時間不會沖淡悲傷，卻會讓你與傷痛共存。有一天，當你可以笑着說：「我已經沒事了。」你就可以帶着傷痛積極地活下去。

　　城市的流浪貓無時無刻處於危險之中，而幼貓比人類嬰孩更加脆弱。在這個故事裏，流浪貓象徵脆弱，沒有人天生堅強，你和我都一樣。

　　這本小說也是一本「許願書」，但願在無常的日子中，文字會療癒你的心靈，給你堅強和勇氣的力量。

2024 年 5 月

香港作家巡禮系列
這段路，請陪着我走

作　　者： 利倚恩
繪　　者： Pug Knight
主　　編： 譚麗施
特約設計： Eric Chan
系列設計： 張曉峰

總經理兼
出版總監： 劉志恒
行銷企劃： 王朗耀、葉美如
出　　版： 明報教育出版有限公司
　　　　　香港柴灣嘉業街 18 號明報工業中心 A 座 15 樓
　　　　　電話：(852) 2515 5600　傳真：(852) 2595 1115
　　　　　電郵：cs@mpep.com.hk
　　　　　網址：http://www.mpep.com.hk
發　　行： 香港聯合書刊物流有限公司
　　　　　香港新界大埔汀麗路 36 號中華商務印刷大廈 3 樓
印　　刷： 創藝印刷有限公司
　　　　　香港柴灣利眾街 42 號長匯工業大廈 9 樓
初版一刷： 2024 年 7 月
定　　價： 港幣 88 元 | 新台幣 395 元
國際書號： ISBN 978-988-8796-66-3

補購方式

網上商店
- 可選擇支票付款、銀行轉帳、PayPal 或支付寶付款
- 可選擇郵遞或順豐速遞收件

電話購買
- 先以電話訂購，再以銀行轉帳或支票付款
- 訂購電話：2515 5600
- 可選擇郵遞或順豐速遞收件

mpepmall.com

讀者回饋

感謝你對明報教育出版的支持，為了讓我們能更貼近讀者的需求，
誠邀你將寶貴的意見和看法與我們分享，請到右面的網頁填寫讀
者回饋卡。完成後將有機會獲贈精美禮物。數量有限，送完即止。

https://www.mpep.com.hk/hkwriters